U0041885

栞與紙魚子②

諸星大二郎

栞與紙魚子②

目次

空地上的房子

從通學步道延伸出的小路上有塊空地，某天放學後，我們經過那條小路……
咦？
這空地上本來有長這樣的屋子嗎？
我很少走這條路，今天也是第一次看到。
可能是最近蓋好的吧？外型好特別。
啊，大門是開著的。

空地上的房子

不知道裡面住著什麼樣的人？
擅自進到別人家……不太好吧……？
ムズムズ
(發癢 發癢)
午安……有人在嗎……？
哎呀啊……！
喂！栞……！
妳怎麼直接進來了？
腳底突然癢得受不了，不知不覺就走進來了……

裡面好樸素啊。只有一個房間嗎？
有桌子和……咦？
是泰迪熊耶！哇——！好可愛——！
我收下了。
喂喂喂！妳這是偷竊啊！
哇！糟了！我也眞是的，不知不覺就……
把人頭和幽靈帶回家就算了，當小偷可是不行的啊！
我也搞不清楚怎麼會這樣。一看到可愛的泰迪熊就沖昏了頭……
太危險了吧！搞不好妳十年後就淪爲順手牽羊的主婦，被警察逮捕喔？

然後成爲談話節目……
咦……？
這、這是……夜川宇宙夫的夢幻處女作《地獄的三點下午茶時間》？該不會是眞品吧!?
那是什麼？
妳沒聽過嗎？夜川宇宙夫可是內行人都知道的大作家……
啊！這本是菱田鬼虎的限量詩集《殺戮詩集》！得到好東西了！
いそいそ
（雀躍歡欣）
喂喂！紙魚子！
咦……
啊……？我到底怎麼了？
妳還有臉說我？我看妳十年後才會變成連續殺人魔主婦被逮捕吧！
別說得這麼誇張嘛！我只是一時糊塗……
在別人家做這種事實在不妙，趁其他人過來前快走吧。
說得對。
喂喂喂！妳手上拿著什麼？
妳才是呢！

好像哪裡不太對勁，我們快回家吧。
嘖！
咦？這裡本來有長這樣的房子嗎？
天曉得？
喔？大門開著耶。去偷看一眼吧。

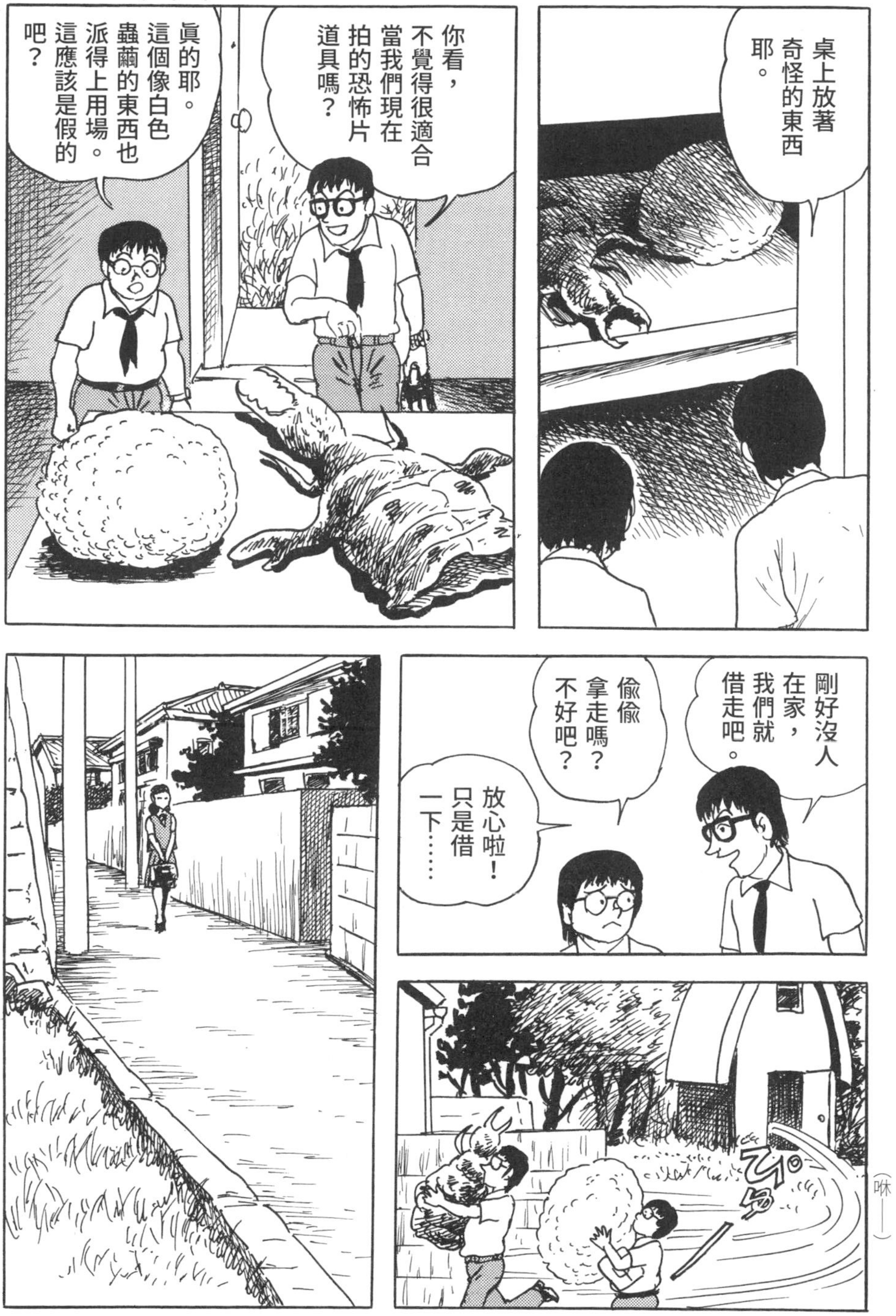
桌上放著奇怪的東西耶。
你看，不覺得很適合當我們現在拍的恐怖片道具嗎？
真的耶。這個像白色蟲繭的東西也派得上用場。這應該是假的吧？
剛好沒人在家，我們就借走吧。
偷偷拿走嗎？不好吧？
放心啦！只是借一下……
ぴゅ
（咻——）

咦？
這塊空地上
有這樣的房子
……？
造型眞可愛，
只是品味有點
獨特(註)呢。
哎呀！
我怎麼能擅自
走進別人家裡呢？
不過，只是
打擾一下而已……
桌上擺著廚具呀。
不知道這戶人家
都用哪些廚具？

(註) 大小姐的說話方式，意思是品味糟糕。

空地上的房子

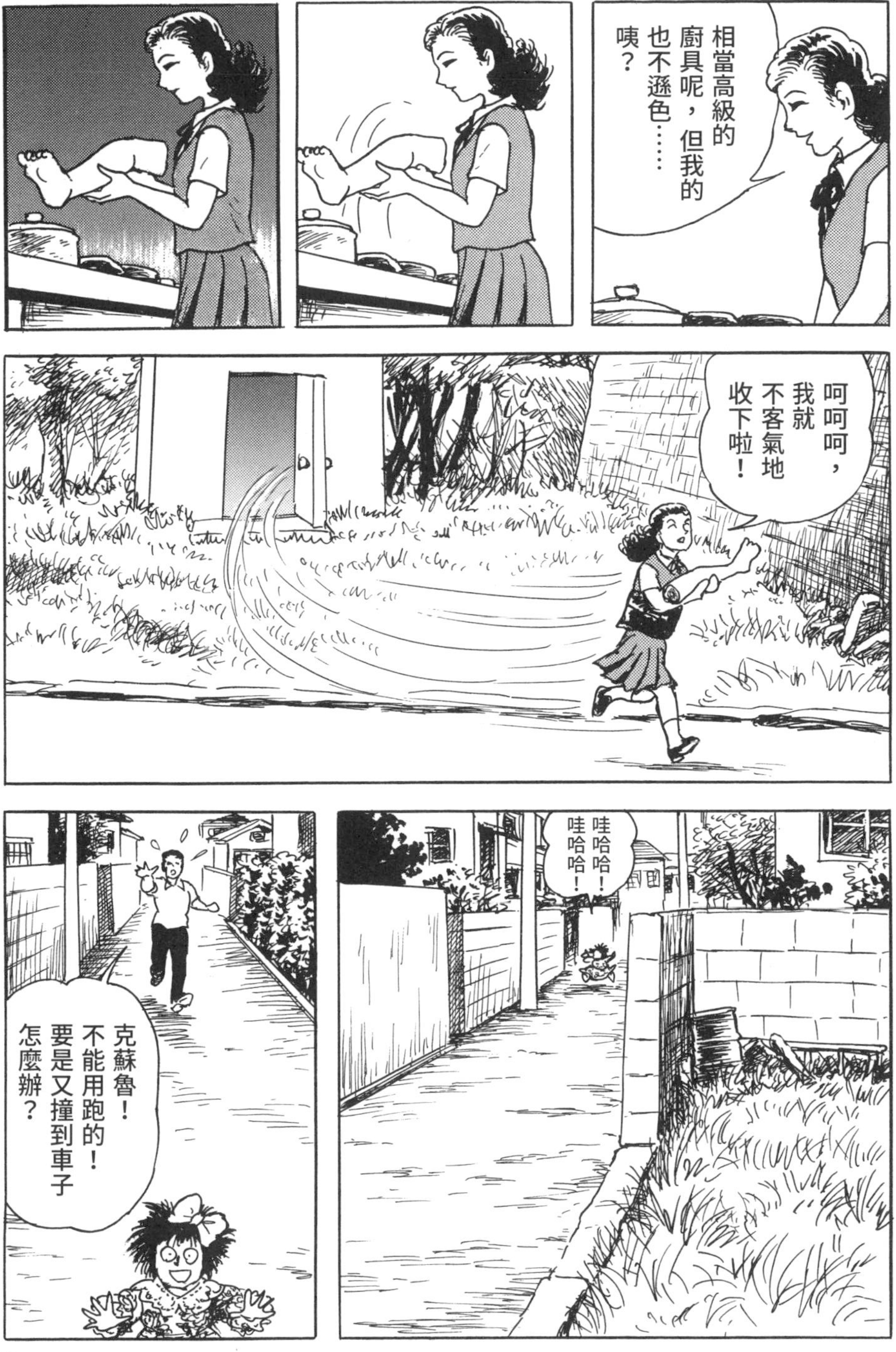
相當高級的廚具呢，但我的也不遜色……咦？
呵呵呵，我就不客氣地收下啦！
哇哈哈！哇哈哈！
克蘇魯！不能用跑的！要是又撞到車子怎麼辦？

哇……
ぴゅん
（咻）
哇哈？
哇哈哈哈！
克蘇魯！妳從別人家拿了什麼？快還回去！

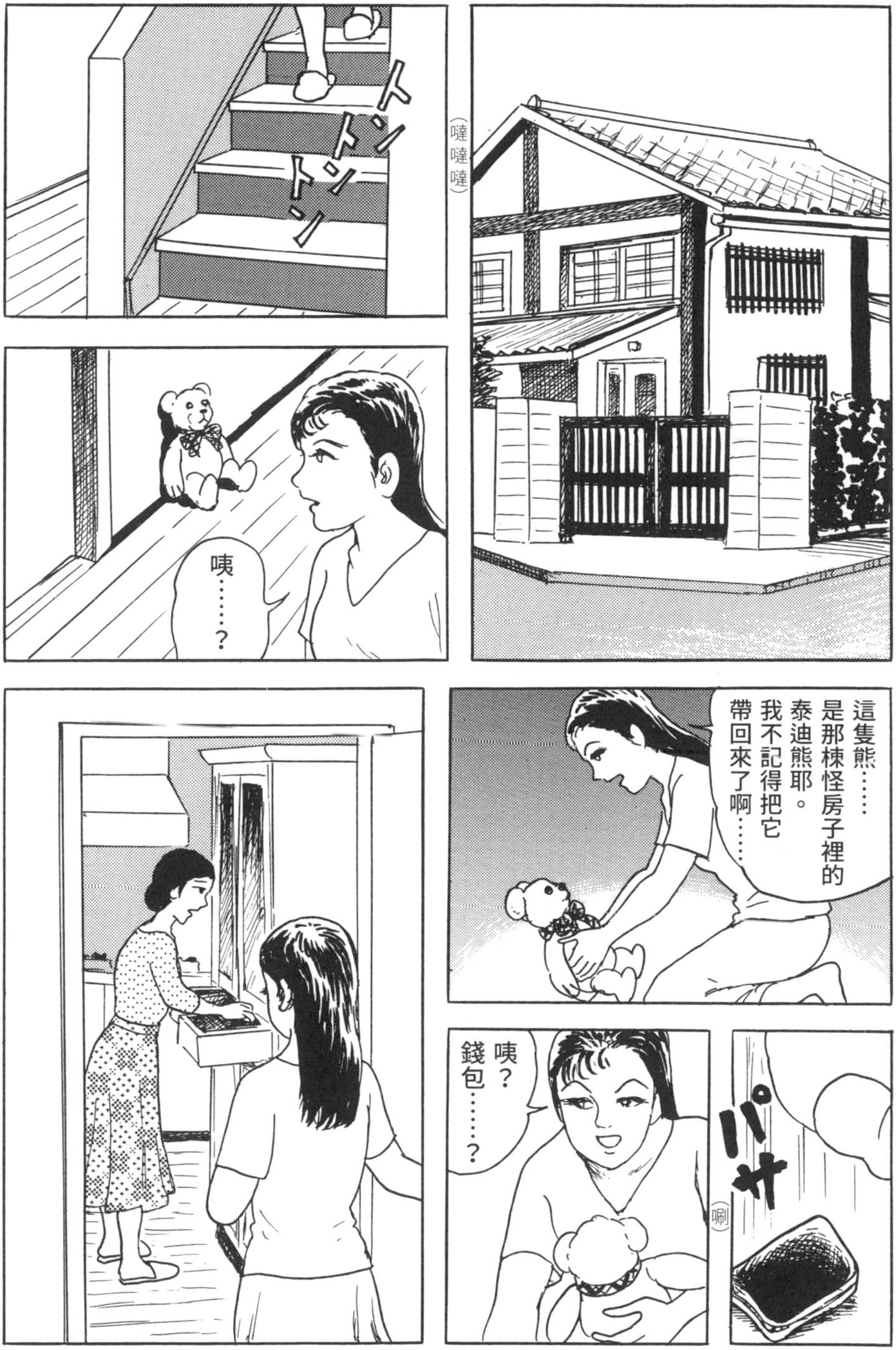
トン
トン
トン
（噠噠噠）
咦……？
這隻熊……
是那棟怪房子裡的
泰迪熊耶。
我不記得把它
帶回來了啊……
パサ
（唰）
咦？
錢包……？

媽，妳在做什麼？
是栞啊，妳有沒有看到我的錢包？好奇怪，我明明收在這裡……
這個嗎？掉在走廊上了。
咦？眞的嗎？眞是怪了。
ピンポーン
（叮咚——）
請問哪位……
咦？紙魚子!?
抱歉突然跑來，但有件事讓我很在意……
什麼事？妳先進來再說吧。
今天放學的路上，我們不是經過一間怪房子嗎？
沒錯，我也覺得不太對勁……妳看，那房子裡的泰迪熊……
咦……？我不是放在這裡嗎……？

ガバーッ
（唰）
呀——！
好！卡！這幕太完美了！
看來這次的「戰慄蟻獅男」會很不錯喔！
對啊！你們眞厲害，做出這麼精緻的頭套。
只是碰巧找到適合的道具。
好——！就一口氣拍完最高潮的場景吧！

蟻獅男
終於蛻變成蟲的
感人鏡頭！
來嘍！開拍！
ピキ！
喀！
バリバリ
霹哩啪拉
嘿嘿嘿嘿。
這傢伙是誰？
和劇本上寫的不一樣啊。話說我們恐怖電影同好會有這種傢伙嗎？
嘿嘿。
呀！你在做什麼！變態！
滾開！你這野人！
嘿嘿，我是笨笨。

空地上的房子

野人！納命來！
喂！劇本寫著「笨笨野人從蟲繭中現身」
不是笨笨野人！是白斑蟻蛉啦！
洞野的劇本又搞砸了。
蟻獅是白斑蟻蛉的幼蟲。
父親大人！母親大人！
バタバタ
（噠噠）
友子，怎麼了？拿著這麼危險的東西在家裡跑來跑去，太沒有教養了喔……
對不起，因爲料理食材逃走了……食材跑來這裡了嗎？

(呀啊——)
キャー
怎麼啦？妳又買了活海龜回來嗎？
不是的，這次不太一樣……
啊！在那邊！
(噠 噠)
ドタバタ
(噠噠　咚咚)
慢著！啊！跑到那邊了！快抓住它！
ドタドタ
呀啊——救命——！
バタバタ
怎麼啦？該不會買了一整頭活豬回來啦？
(蹦　蹦)
ピョーン
ピョーン
呀——！
我的肉！別跑啊！

總之先進我房間吧。
カチャ
（喀洽）
是、是那隻熊……！
啊！我的錢包！
トトトト
（噠噠噠噠）
慢著！小偷！

琹？怎麼吵吵鬧鬧的？哎呀！我的項鍊！
為、為什麼泰迪熊裡面會有小偷!?
我那邊也出事了。《地獄三點的下午茶時間》偷走《我是貓》的初版和《新寶島》逃走了！
宇論堂竟然有正常的書!?
妳畫錯重點了吧！
結果妳還是把書拿回家了嗎!?
才沒有！是書自己跑進我的書包裡！

バタン
碰
它果然逃進那棟房子了！
噓……
為什麼你這麼早就回來了？甚至還被追著跑！
對不起……我被發現了……
你這笨熊！明明沒有被帶走，卻擅自闖進別人家。
因為書也……
我就知道這房子有問題！
喂！快開門！
ドンドンドン
(咚咚咚)

栞……對面好像有人來了。
別跑——！
我的肉——！
等等我——！
蟻獅頭套偷走攝影機逃走啦！
門打開後就一起衝進去！
好！
就是現在！
(一團混亂)
ドヤ
ドヤ

錢包還來！
啊！我家的書！
讓我做成料理吧！給我小腿肉也行！
欸嘿欸嘿欸嘿！
怎麼搞得一團亂？
因為笨笨野人根本幫不上忙嘛。
欸嘿嘿嘿！
我也差點就要被吃掉了。
真沒辦法！你們都回來吧！
全都融入牆壁裡了！原來它們是房子的一部分啊！

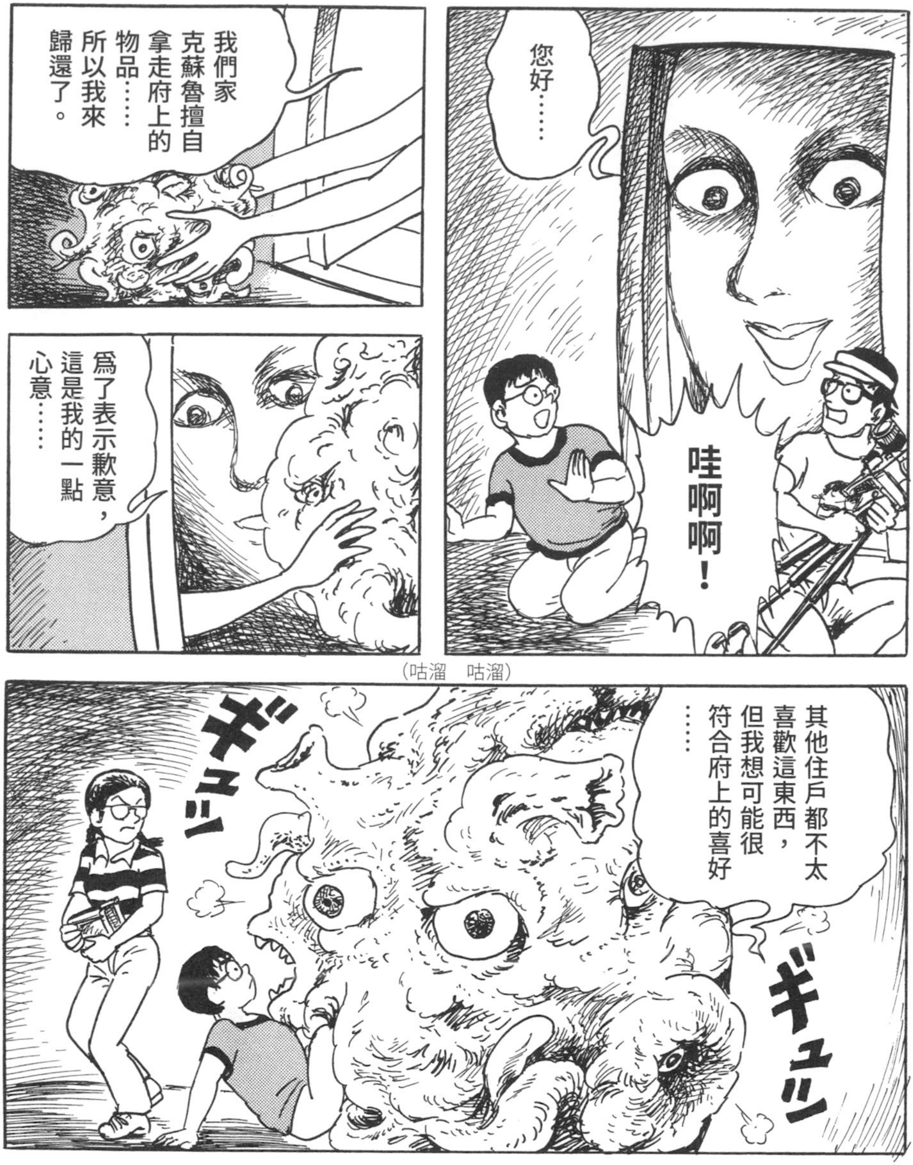
您好……
哇啊啊！
我們家克蘇魯擅自拿走府上的物品……所以我來歸還了。
爲了表示歉意，這是我的一點心意……
（咕溜　咕溜）
其他住戶都不太喜歡這東西，但我想可能很符合府上的喜好……
ギュッ
ギュッ
呀啊——！這是什麼鬼!?

(轟隆　轟隆)
ゴロ
ゴロ
(噗呼——)
ブホー
事、事情變得更混亂啦……！
哇——！妖怪屋居然被怪物闖入啦！我們能活著離開嗎……！
(叭呼—— 轟隆)
(呸)
ペッ
房子看起來很痛苦耶。
這就是妖怪的眞面目！

ぷしゅー
(噗咻——)
消失了……
它到底是什麼？
妖怪屋消失後，空地恢復了原狀。
我們猜測它應該是一種妖怪，引誘人們靠近後拿出對方想要的東西，趁東西被帶回家後作惡。
如果是食人妖怪倒還算合理，
它卻只偷走錢包逃跑，
真是小家子氣的妖怪啊！

空地上的房子♣完

頸山的妖怪鳥居

給我電子雞。
咦?
給我電子雞。
呀啊——!

C班的園田真理子在補習班放學路上遇到妖怪，傳聞很快就傳了開來。
妳聽說了嗎？C班的女生晚上走在路上時……
是「給我電子雞」那件事吧？
後來她怎麼了？
聽說她跌倒受了傷，還因爲驚嚇過度臥病不起。
而且……C班的人還說……
這可能是有人去妖怪鳥居下詛咒造成的……
妖怪鳥居是指首山的神社嗎？那間讓人不舒服的神社……
咦？由佳里？

栞……今天放學……可以一起走嗎？
怎麼了？有事情找我商量嗎？
嗯……想拜託妳一件事。
後藤由佳里去年以前都和我同班……但重新分班後就不太常見面了……
現在可以陪我去一趟頸山神社嗎？
頸山神社？妳爲什麼要去那種地方？
我有東西忘在那裡，不敢一個人過去……
爲什麼啊？
妳……沒聽說嗎？我們班上園田發生的事……
喔？在黑暗中浮現的人臉嗎？那和頸山神社有什麼關係？
聽說那是有人在頸山神社的妖怪鳥居下詛咒造成的。
對耶，確實有人這樣說。

頸山的妖怪鳥居

拜託同班同學陪妳也可以吧？不用特地找我們啊。
不行啦，大家都很害怕……
就算大家說有多恐怖、多可怕，這類傳聞不都大同小異嗎？
頸山神社不是步行能前往的距離，我們只好搭兩站電車前往首山。
過去在山坡上有座名為頸山城的城堡，現在還有一些石牆遺跡。
那塊偏僻的寂寥空地就是頸山神社……是一座小神社，平時根本不會有人。

傳聞中的妖怪鳥居就在神社深處的林子裡，看起來是用石頭之類的材質建成的……
鳥居駭人的造型加上整座神社荒廢生鏽的模樣，連小孩子都不敢靠近。然而……
話說回來，爲什麼妳會來這種地方啊？
嗯……不是什麼重要的理由啦……
妳知道向妖怪鳥居許願就能實現的傳說嗎？
不知道……要怎麼做？

很簡單。只要沿著鳥居走進去，對石頭說出自己的願望就可以了。
接著往回邊走邊數鳥居，數到自己出生日期的鳥居就觸碰一下……
石神大人、石神大人，請幫我實現○○吧……
如果願望實現，將供奉一座鳥居還願。
眞的要供奉鳥居還願嗎？
怎麼可能……有一個替代方法。
替代方法？
聽說只要在月光明亮的夜裡，在石頭上用血畫出鳥居的圖案就可以了。
血也不需要太多，用針刺出幾滴、混進紅色顏料裡也行。
這樣啊……我都不知道現在流行這種儀式。
我也只是聽過傳聞，不確定有沒有造成流行……
但由佳里照著許願了吧？

沒、沒有啦……我只是覺得好玩……
……試試看而已……
妳許了什麼願望？
不是什麼大不了的願望啦。先不說這個了，可以幫我看看到那顆石頭之間的路嗎？
自己去看就可以了吧？
我很害怕嘛！拜託了！
知道了，妳要找什麼？
電子雞。
電子雞？
眞不知道走這鳥居哪裡有趣……
這是石頭嗎？爲什麼是石頭做的鳥居呢？
雖然現在大家都說妖怪鳥居，但原本好像是叫十三鳥居喔。
十三？明明有二、三十座鳥居啊？

原本只有十三座，其他是後人供奉的。
而且啊，據說不只是外型像妖怪而已，也因爲鳥居的數量會在不知不覺間增加……
才被稱爲妖怪鳥居。
話說回來，鳥居一般不都在神社前方嗎？爲什麼會蓋在一塊石頭前面……？
聽說是過去頸山城遭敵軍攻陷時，城裡的公主在此地自殺，追隨公主的十三名武士也跟著切腹。
因此石頭象徵公主，武士則化身爲十三座鳥居……
妳知道得眞多。
我滿喜歡這類傳說的嘛。
咦？石頭上有淡淡的雕刻耶。

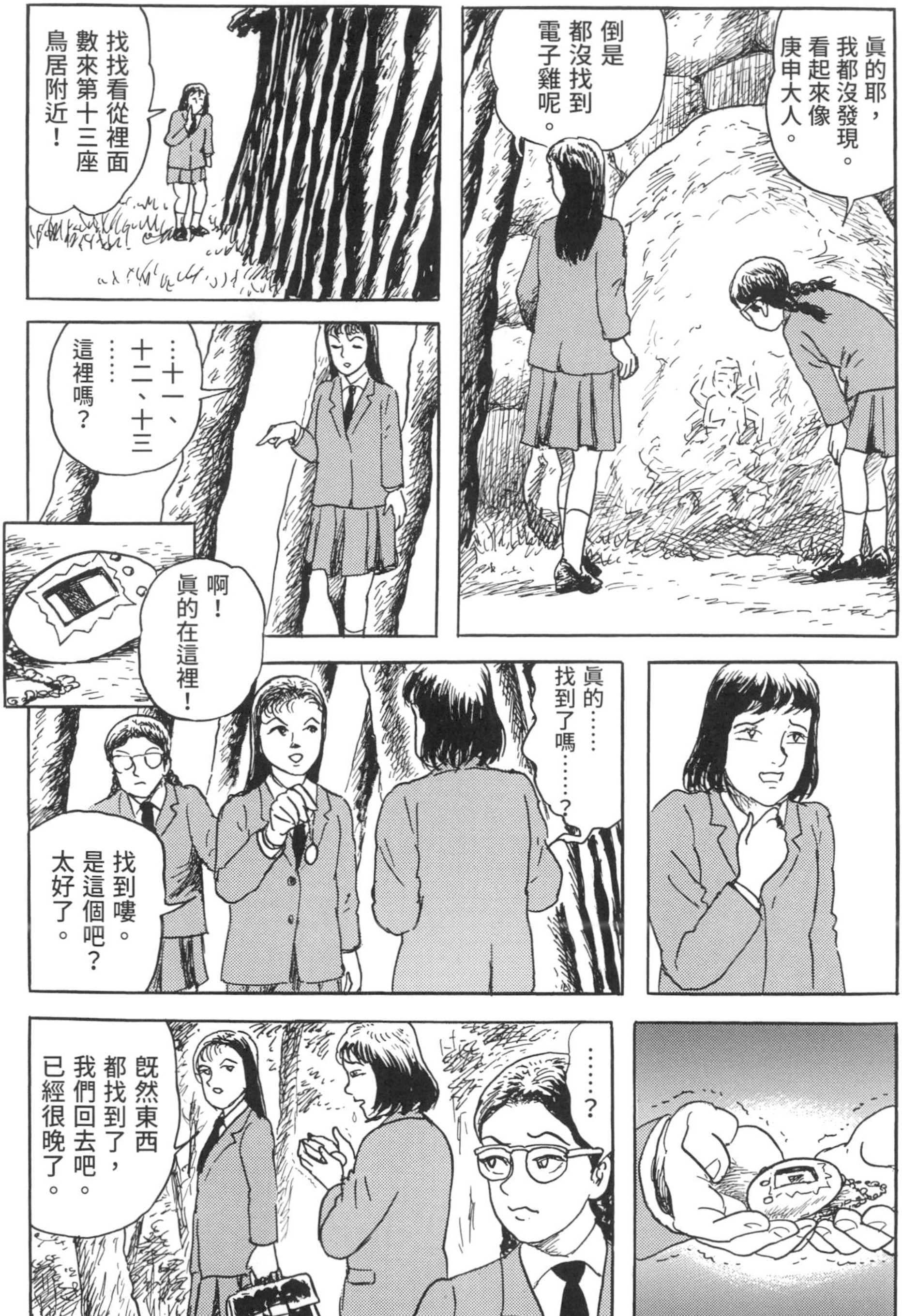
眞的耶，我都沒發現。看起來像庚申大人。
倒是都沒找到電子雞呢。
找找看從裡面數來第十三座鳥居附近！
…十一、十二、十三……這裡嗎？
啊！眞的在這裡！
眞的……找到了嗎……？
找到嘍。是這個吧？太好了。
……？
既然東西都找到了，我們回去吧。已經很晚了。

(鈴鈴鈴鈴)
PRRRR

栞，妳的電話。
是叫後藤的女生。
知道了。
喂？
由佳里？
怎麼了？
栞……
我決定還是
把東西還回去，
可以再陪我
去一趟嗎？
什麼東西？
電子雞啦。
我想要放回妖怪鳥居，
但好可怕。
我得立刻過去……
妳在說什麼啊？
天都黑了耶。
而且那不是
妳的東西嗎？
爲什麼要
還回去啊？
別開玩笑了！
特地去
幫妳找東西，
又要放回去……
我才不陪妳做
這種無聊事！
プツ
(掛斷。)
因、因爲……
供奉鳥居更可怕啊……
反正妳現在過來啦！
拜託了……
MARIKO

對了！這麼說來，由佳里的生日是十三號……所以才是數來第十三座鳥居……
(叩叩 嚇)
コンコン
ビクッ
快供奉鳥居。
妳的願望已經實現，接下來輪到妳供奉鳥居了。
哇啊……！

等很久嗎？
不會。抱歉，我一個人還是會怕……
妳連絡上後藤了嗎？
我覺得不太對勁後才打電話過去，結果她已經出門了。
她一定是去頸山神社了。
一個人晚上去那種地方嗎!?
我也打電話問了在C班的朋友。
由佳里和園田好像有點過節，聽說是爲了電子雞吵過架。
嗯？現在還有人玩電子雞嗎……
好像是很少見的最新機型。

我也稍微查了一下，據說那一帶在蓋起城堡前是舊國境。
道祖神？
也稱做庚申大人或塞之神，會阻擋路上的妖魔鬼怪通行。
以前有一條古老的道路通過那裡，石頭原先也在古道沿線上，是道祖神般的神明。
但是隨著頸山城落成，古道和路線也跟著改變了。妳看，神社本來在道路的盡頭吧？
舊道路
新道路
那麼，公主的傳說是？
因爲只有石頭留下來，才出現穿鑿附會的傳說吧。
我、我們還是回去吧……
是妳覺得不對勁，才找我一起去的耶！
是沒錯啦……但這次眞的太詭異了！簡直就像恐怖片一樣。
平常就不像恐怖片嗎？

石神大人，
電子雞
還給您。
請放過我吧
……

這可不成。
妳必須遵照誓言，
供奉一座鳥居。
如果不照做的話，
妾身的手下
將糾纏妳一輩子！
爲、爲什麼
會變成這樣啊
……
我只是想
和眞理子借
電子雞來
看看……
她卻
不搭理我……
我才
半開玩笑來
妖怪鳥居
許願……
ザワ ザワ ザワ
(悉悉 簌簌)
哇……！

慢著……
那是什麼……!?
妖怪鳥居
動起來了！
好像有生命一樣……
不是好像
有生命……

大門……大門還是沒開……！
只要再增加大門，或許就能成功！

小姑娘！
快點……
快點變成門吧！
救命啊！
救救我！
吾等要為公主殿下做出大門！
快打開大門，
將公主殿下送往極樂淨土吧！

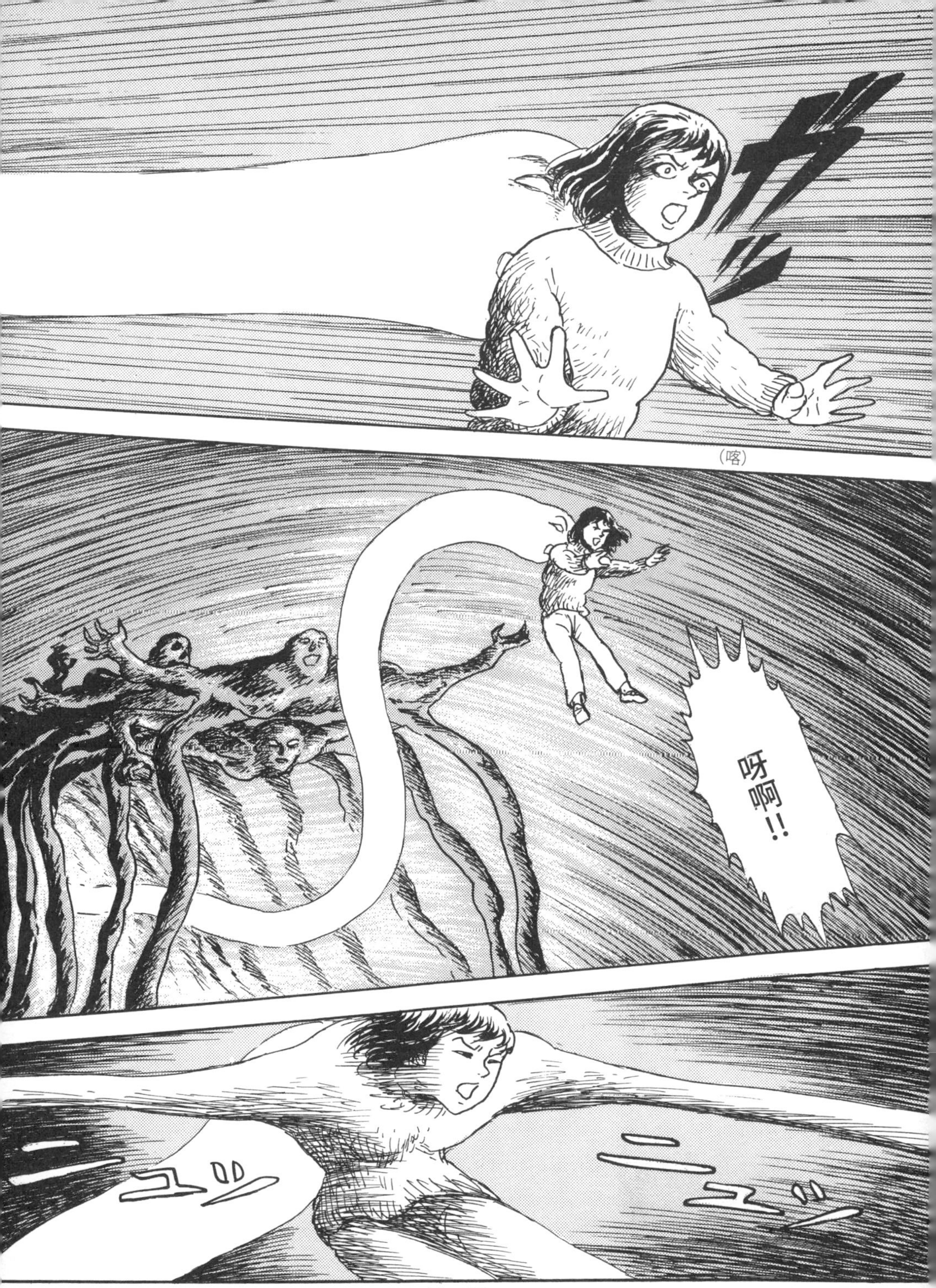
(喀)
呀啊!!
(咻 咻)

ニューッ
（咻——）
スルスルスル
（唰唰唰）
還是沒開！為什麼？為什麼還是打不開大門!?
此地是國境啊！明明是通往冥界的出口……為什麼無法通行！為何吾等仍無法從石頭中解脫！

頸山的妖怪鳥居

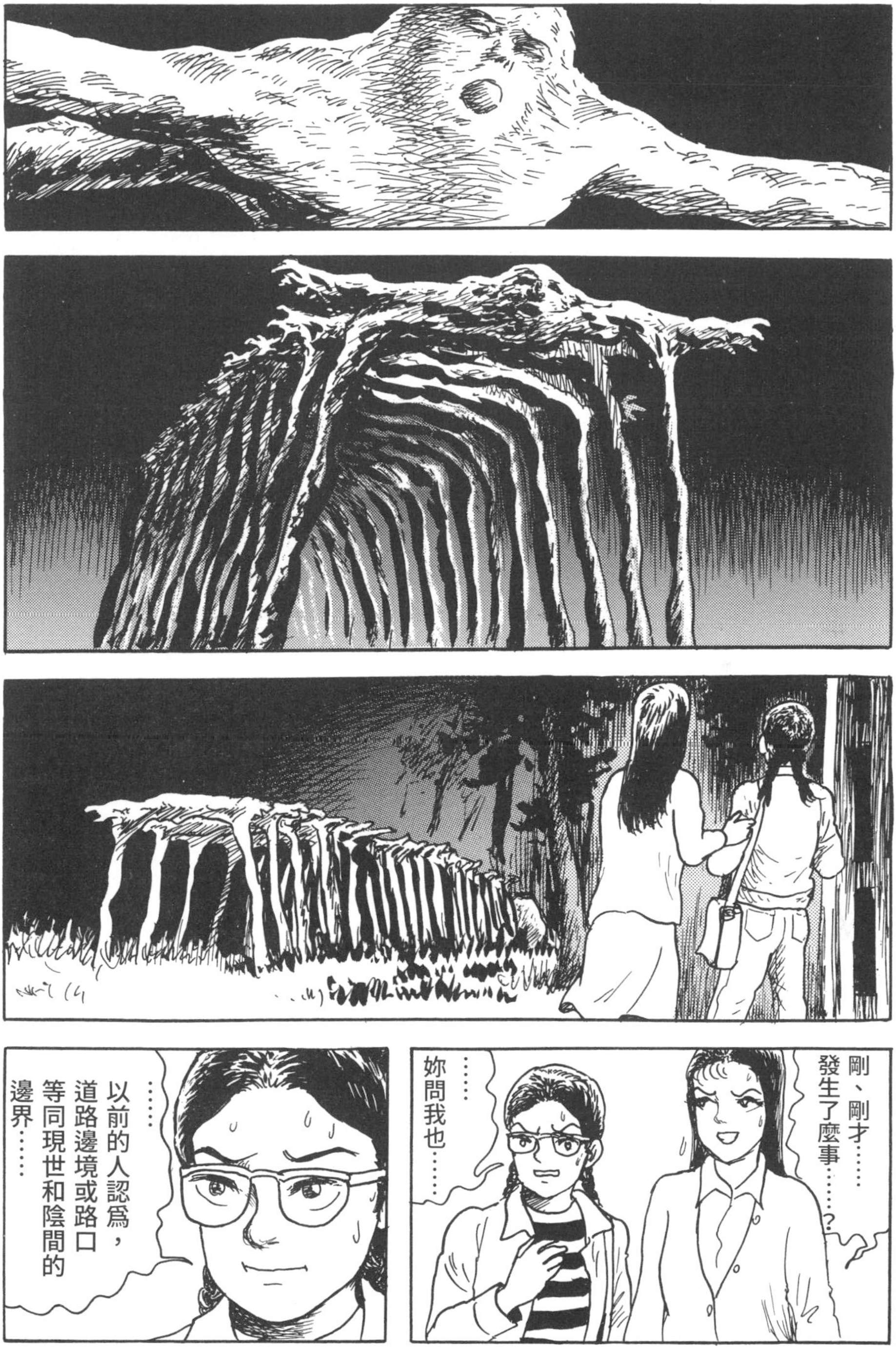
剛、剛才……
發生了麼事……？
……妳問我也……
……以前的人認爲，
道路邊境或路口
等同現世和陰間的
邊界……

特別是
村境或國境……
再加上道路上總有各種
魔物或邪靈棲宿……
石頭的所在地剛好符合
道路和國境兩個條件，
因此完全是「那種東西」
的通道吧。
或許是道路改道後，
就無法從邊界
前往那個世界了。
因此各種「東西」
便附身在
石頭上了吧……
由佳里
怎麼了呢？
我也
不知道……
……妳這次
好像妖怪獵人(註)
喔……
此後，
由佳里行蹤不明。
而除了我們之外，
沒有人發現
妖怪鳥居
又增加了一座
鳥居。

(註) 妖怪獵人：諸星大二郎的另一部作品。小圖為「妖怪獵人」系列的主角稗田禮二郎。

頸山的妖怪鳥居♣完

迷宮

我在自己的家遇上了大麻煩。
在家裡要前往某處變得異常費時，我甚至沒辦法走到眼前的廚房。
至於為什麼會發生這種事，必須追溯到一個月前……
那天我和紙魚子、早苗她們一起去胃之頭郊區的遊樂園玩，造成這一切的開端。
雖然遊樂園主打巨型迷宮設施，但因為交通不便，幾乎沒什麼遊客。我也只在一兩年前來過一次這座冷清的遊樂園。

迷宮

除了迷宮沒什麼好玩的耶。為什麼要約來這裡啊？
聽說最近蓋的新設施很有趣嘛。
還是一樣沒人呢——！
總之去玩巨型迷宮吧。
新的遊樂設施就是迷宮嗎？
沒錯。
迷宮之國
這不是以前就有了嗎？
聽說裡面翻新了喔。好像有些新奇的設計！

來玩的人比我想像得多呢。
啊！是洞野他們。
對吧？
眞的耶！沒想到大家都來玩了。
洞野他們還眞閒啊。
妳說的新奇設計是什麼？
大家在進場時都拿到一張卡片了吧？說是不能給別人看。
卡片上寫有自己專屬的提示。如果不解開的話，就會難以走出迷宮喔。
走在高麗菜和肉中間
走在高麗菜和肉中間？什麼意思……？
就算看了提示也搞不太懂耶。總之先走走看吧。

妳們聽過傳聞嗎？「迷失在巨型迷宮的老人」……
聽說有個老爺爺在巨型迷宮迷路了數十年，到現在還找不到出口……
那是什麼？
妳在說什麼？這座迷宮蓋好頂多才七、八年而已吧？
但因爲太冷清的緣故，確實有很多奇怪的傳聞呢。
像是有不少人進入迷宮後就沒再出來、從此行蹤不明之類的……俗稱吃人迷宮……
或是同行的人明明走在一起、下一秒卻突然消失……
咦？早苗呢？

早苗——？妳在哪裡——？
紙魚子，找到了嗎？
町子？妳找到了嗎？
町……
沒看見呢。就算是迷宮，也不可能像煙一樣消失了啊……
輪到町子不見了……她剛才明明轉進這裡的……
怎、怎麼了？
如、如果沒看好，下一個消失的就是妳了……
別亂說！大家只是走散了。

早苗——！
町子——！
紙、紙魚子……一個人都沒有耶……
連洞野同學他們都不見了……
該不會……眞的是吃人迷宮吧……
怎麼可能！只是剛好人都在視線死角，才看不到的。
不要牽我的手啦。別人會以爲我們是蕾絲邊的。
別這麼冷淡嘛……
出口
咦!?
這裡是……出口……？

哪裡困難了？輕輕鬆鬆就找到出口了啊。
早苗她們該不會也出來了吧……
她們果然自己先走出迷宮了。
那樣的話，她們應該會在這裡等我們吧……沒看到人啊……
可能跑到其他地方玩了吧？
剛才有兩個女孩子離開嘍。
咦？果然嗎!?
她、她們肯定是覺得太無聊，一氣之下回去了吧。
我和紙魚子感到莫名不安，於是直接回家了。

結果早苗和町子就這樣消失了。
洞野同學他們也是……
問題不只如此，更不可思議的事情發生了。
一切是從我回到家時開始的。
我回來了。
咦……？

這、這裡不是二樓陽台嗎？但我明明是從玄關進來的啊……
我、我是不是太累了……？
カララ……
(喀拉……)
哇！
這、這裡是……車庫!?
發生什麼事？家裡變得好奇怪!?
往回走呢……？
眞的是陽台啊……

從這裡看過去，明明是寢室……
一走進來就變成了車庫……？
那車庫外面是……？
（看——）
そ～
哇……啊啊……！
（咚咚咚）
どたどたどた
栞？妳回來了嗎？我泡好茶了，快來喝吧。
好——我馬上過去。

之後我走下樓梯，穿過後院、寢室、天花板上方……
終、終於到了……
妳怎麼跑進那種地方？眞是個怪孩子。
哈哈……
來、來喝茶吧……
茶都冷掉嘍。
怎麼辦……？我在自己家迷路了……

紙魚子嗎？不好了！我家好像變成迷宮了。妳那邊還好嗎？
我家沒事耶。妳有辦法出門嗎？
先來我家一趟吧？
知道了。我馬上過去。
我來了。
哇！
也、也太快了吧。
我打開樓梯下置物櫃的門後，就莫名連到妳家了，也是滿方便的呢。
眞的嗎？我看看。
(叩)
好痛！只是普通的壁櫥嘛！
好像只對我管用而已。

妳怎麼想？難道我們還困在迷宮裡嗎？
好像是，但我還沒遇到什麼不對勁的事情……
怎麼辦？
必須走到終點才行吧？看來遊樂園的出口只是表面上的出口，不是眞正的終點。
對了！那張提示卡……妳有什麼頭緒嗎？
我想了很久還是解不開。難道是廚房有鑰匙嗎？
我的是這個……
走在高麗菜和肉中間
去巴別塔圖書館
「去巴別塔圖書館」？什麼意思？
《巴別塔圖書館》是指波赫士(註)吧？我家有波赫士的書嗎？
波赫士……波赫士……沒有呢。我記得我讀過啊。

（註）波赫士（一八九九－一九八六）：阿根廷作家、詩人，作品融合宗教與哲學觀點，多以「夢、迷宮、圖書館」作爲母題體現文學的非現實性。

我是在哪裡
讀到的？
啊！對了！
是市立圖書館！
身肩市立圖書館
《巴別塔圖書館》
到底是什麼？
巴別塔圖書館是
波赫士虛構的圖書館，
像巴別塔般無限延伸的
巨大圖書館中收藏了
無數書本，可說是以
書構成的宇宙。
對討厭讀字的人來
說簡直是地獄呢。
裡面有漫畫嗎？
我記得是在這
區的書架上。
找到了嗎？

紙魚子……？
紙魚子——！
噓！
紙魚子就這樣消失在市立圖書館。
之後過了一個月……我雖然沒有失蹤，但依舊對生活上的種種不便束手無策。
就連去個廁所，都得經過櫃子、庭院和爸爸的書房才行……
如果要回自己房間，必須打開陽台左側數來第二扇落地窗……
穿過一樓走廊、玄關和寢室的衣櫃後才能抵達。

最麻煩的是洗澡……首先要走到庭院，打開倉庫的門……
會通到車站前咖啡廳的廁所。
從咖啡廳的更衣室再通往學校……
穿過校長室大門後才能抵達我家浴室。
有次我忘記帶換洗衣物，慌慌張張跑了回家。
？
不過，最惱人的是廚房……
棻，幫我把桌上的碗盤拿過來。
好。
啊！我受夠了！
咦？人又不見了……

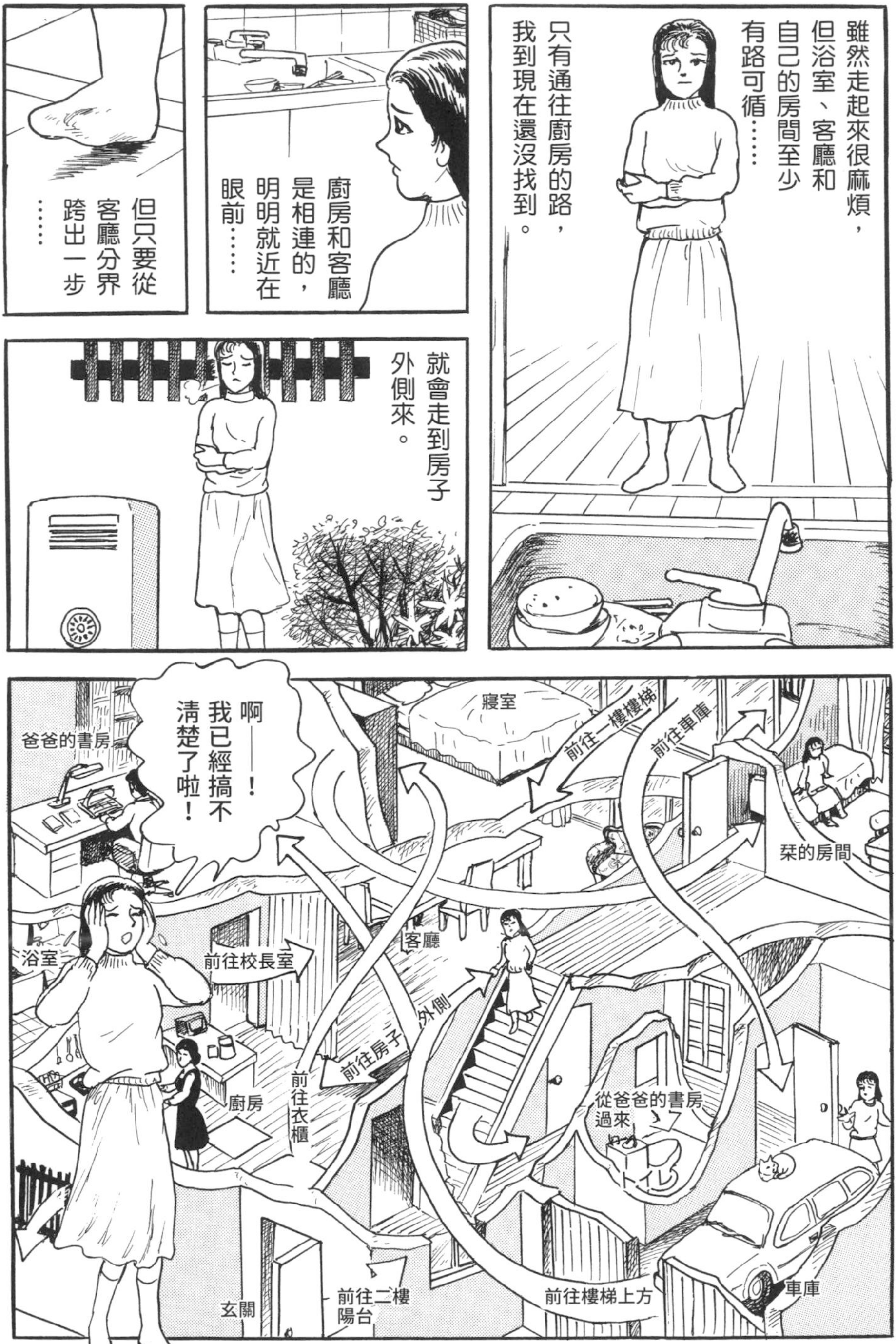
雖然走起來很麻煩，
但浴室、客廳和
自己的房間至少
有路可循……
只有通往廚房的路，
我到現在還沒找到。
廚房和客廳
是相連的，
明明就近在
眼前……
但只要從
客廳分界
跨出一步
……
就會走到房子
外側來。
啊——！
我已經搞不
清楚了啦！
寢室
前往一樓樓梯
前往車庫
爸爸的書房
栞的房間
客廳
浴室
前往校長室
前往房子
外側
前往衣櫃
廚房
從爸爸的書房
過來
トイレ
車庫
前往樓梯上方
前往二樓
陽台
玄關

害得我一直無法幫媽媽做家事，媽媽好像有點生氣了……得想辦法才行……
對了，還沒試過上面的壁櫥。
就算不是廚房，至少也會通往哪裡吧……
這應該是往天花板的門……
啊！出來了！原來這裡也有路啊！

什麼事都沒發生……
高麗菜和肉中間到底是什麼意思？
還是先冰回去吧……不然肉會壞掉的。
慢著，肉放在上面的冷凍庫……高麗菜在底下的蔬果室……所以肉和高麗菜中間就是……？
這裡！
要是這條路眞的可以通的話……

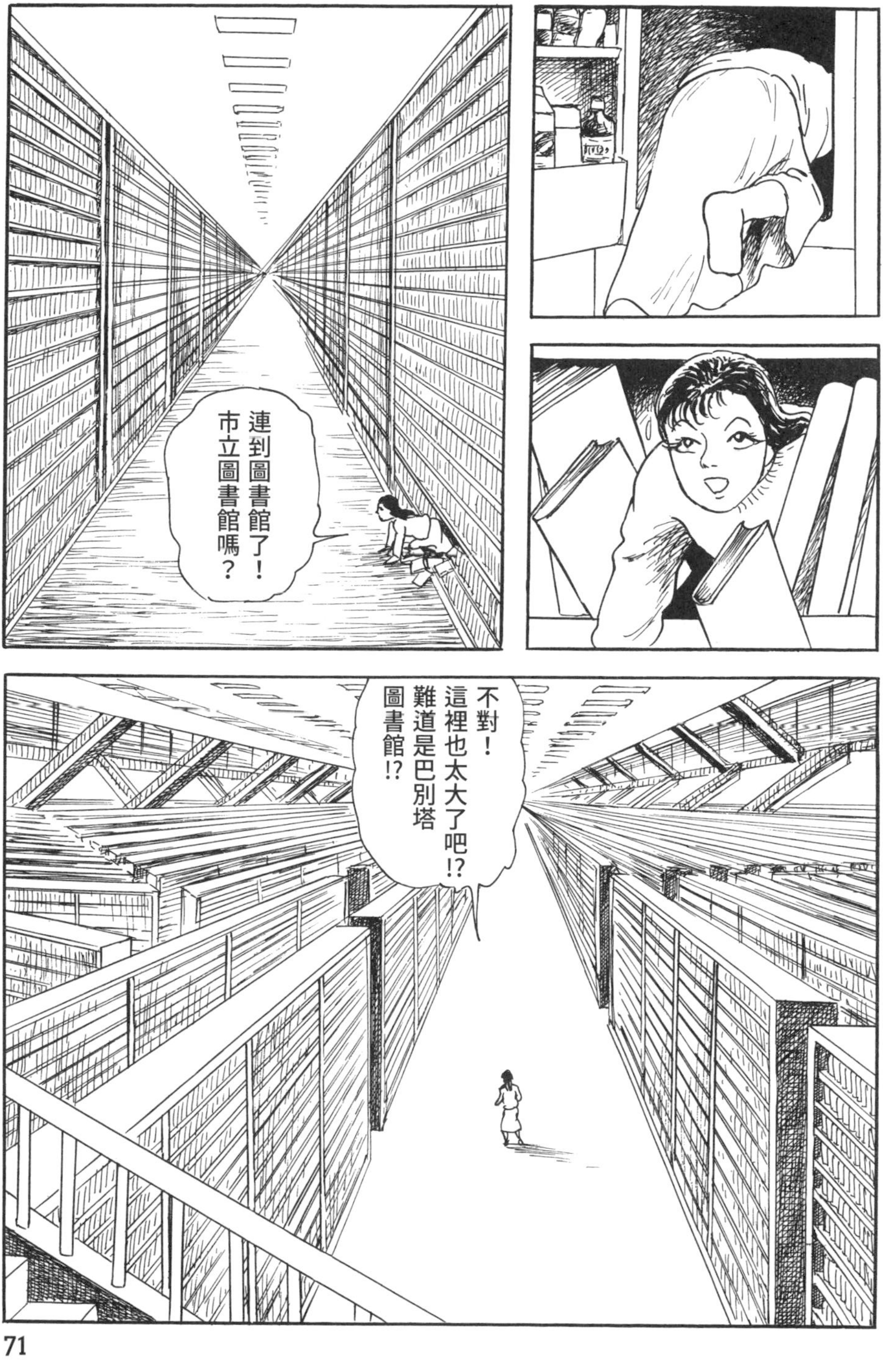
連到圖書館了！
市立圖書館嗎？
不對！
這裡也太大了吧!?
難道是巴別塔
圖書館!?

啊！
紙魚子！原來妳在這裡!?
栞！這裡太棒了！不管什麼書都有耶！甚至還有這世界上沒有的書！
紙魚子，妳這一個月來都在這裡看書嗎？
一個月？有這麼久嗎？
現在不是看書的時候了！我們還困在迷宮裡呢！要快點找到終點才行！
再一下下……至少等我讀完這本……
不行！我是翻出冰箱裡的食物過來的！不早點回去收拾會被媽媽罵！

知道了。我也不是一讀起書就什麼都不管。
這是迷宮區，所有和迷宮相關的書都在這裡了。那座遊樂設施叫什麼名字？
我記得是「胃之頭驚奇迷宮」。
找到了，在這裡！在上面的書架……！
世界の
迷宮的
迷宮圖輯「歐洲的迷宮
迷宮圖輯「胃之頭驚奇
迷宮圖輯「北千住遊戲
迷宮圖輯「諸星大樂園
看那本書就能找到出口了吧？
應該沒錯。我去拿書。
只差一點……
咦……？

哇啊！
（碰——）
バタ——ン
要、要倒了！
這裡……是一開始的迷宮？
我們回來了！
咦……？
GOAL
看！是終點！

要開嘍！
(咻——)
這門好重，一、二……
(呼咻咻咻)
這陣風是怎麼回事!?
(轟——)
(啪拉啪拉啪拉啪拉啪拉啪拉啪拉)
迷宮……
快看！

町子！早苗！妳們去哪裡了!?
我也不知道——這是怎麼了？迷宮變得一團亂……
眞是亂七八糟的遊樂設施呢。
奇妙的是，我們回到了前往遊樂園的那天。我以為自己在家裡迷路亂竄的一個月、紙魚子待在巴別塔圖書館的日子，可能其實都是迷宮造成的吧？反正那天後沒多久，「胃之頭驚奇迷宮」就關閉了。

迷宮♣完

魔法書阿卡巴卡

宇論堂有時會有奇妙的客人來訪。
書
宇論堂
高價收
打擾了……有批舊書想請你們收購……
我們店不收外文書耶……
結果買下來了嗎？
別這樣說嘛……其他書店都說這種書只有宇論堂肯收……
就算您這麼說……
對啊。偏偏又是這種奇怪的書……

魔法書阿卡巴卡

雖然看得出來是外文書……但這是什麼文啊？
是從來沒見過的文字。我爸就是會沒注意到這種事買下書……
有不少插圖呢，可能是圖鑑之類的……？
這是……在畫什麼啊？
我也不知道。雖然有很多插圖，但也看不懂畫的是什麼……
就算我們店常有奇怪的客人光顧，這種書也是賣不出去的。
午安，最近進了什麼有趣的書嗎？
是段老師啊。歡迎光臨。
咦？栞手上的書……可以讓我看一眼嗎？
這不是《阿卡巴卡》嗎？好難得啊！居然能在這裡看到這本書……

《阿卡巴卡》？
是什麼書啊？「阿卡巴卡」又是什麼意思？
妳問是什麼書啊……哈哈……嗯……該怎麼解釋呢……
喔？這些書也很少見呢。我就一起買下來吧。
賣掉了呢。
眞的耶。怪人賣的書全被奇怪的小說家買走了。
紙魚子……又有奇怪的客人來了。

書店的小妹妹，請問一件事……
最近是不是有一本叫《阿卡巴卡》的書賣到這裡了？
原來不只段老師在找這本書呢。
剛才賣掉了。
什麼!?是誰買走的!?
妳們剛才說「段老師」嗎？他是什麼人!?
呃……是一位小說作家……
怎麼辦？
無論如何都要拿到《阿卡巴卡》……
能搶贏我們的傢伙可不能小看啊。看來會是場硬仗……
爸爸——！買書給我——！
咦？克蘇魯妹妹？妳和爸爸一起來的嗎？
爸爸剛才買完書離開了喔。妳沒遇到他嗎？
人家剛才在那邊玩。

在馬路上玩（對方會）很危險的。話說回來，老師去哪裡了？
太好啦！眞沒想到今天會買到這麼稀有的書！
咦……？我好像忘了什麼？
我送克蘇魯妹妹回家。

ガラガラ
(喀拉喀拉)
ぞろぞろ
(魚貫而入)
眞是的——今天怎麼來的都是怪人……
啊！我們聽說這間店進了《阿卡巴卡》……
又是《阿卡巴卡》嗎？
喔？眞的有嗎？
好像是喔！
她說有耶！
找到了！找到了！
沒有，賣掉了。
咦？沒有嗎？
沒有啊？
她說沒有。
沒有了啦。

請問……《阿卡巴卡》到底是什麼書？
她不知道嗎？
她不知道耶。
她說不知道。
竟然不知道！
真是一群讓人火大的客人啊。
紙魚子——！糟、糟糕了！
啊，抱歉！借過一下！
哇……好長的帽子……
怎麼了？什麼事這麼慌張？
不好了！克蘇魯妹妹被綁架了！
啥？誰做出這麼不經大腦的事？
就是剛才那三個奇怪的客人，來問《阿卡巴卡》的……
妳聯絡段老師了嗎？報警了沒？
還沒聯絡。克蘇魯妹妹是在往鬼屋的小路上被綁走的，我趕緊先跑了回來……

啊！妳說得對！要通知段老師才行……不對！先報警吧……！
晚一點再報警也可以。我們先去老師家吧！
她說綁架耶。
是綁架耶。
綁架！綁架！
愉快！愉快！
（魚貫 而出）
ぞろぞろ
有好戲看嘍。
我們也去湊熱鬧！
去吧！去吧！
妳不用看店嗎？
放心啦。反正來的都是怪人。
她說來的都是怪人耶。
什麼怪人？
怪人。
有多怪呢？

你就是段老師吧？
你們是誰？我的書迷嗎？
我們想和你借一本書。
我們是在尋找禁忌魔法書《阿卡巴卡》的魔法師。你女兒現在在我們同伴手裡。
啊！我想起來了！我本來是帶克蘇魯出門散步的！繞去宇論堂後就徹底忘了這回事！
如果想要回女兒的話，就把《阿卡巴卡》交出來。
呃……那本書我太太正在使用。
真的嗎？你手上拿的不是《阿卡巴卡》嗎？
不、不是的。
老師！找到您了！

我打了好幾次電話都沒人接……您完成原稿了嗎？原稿在哪裡!?
還、還沒……只剩一點點了……想說轉換心情就去散個步……
截稿日早就過啦！快點工作吧！拜託了！
喂……你、你女兒……
咦？是書迷嗎？不好意思，現在老師要工作，只能簽名而已……好啦！老師！快點快點！
(唰)
ピシャッ
魔龍岡大師，怎麼辦？
只抓女兒當人質行不通嗎？好吧，那我們去綁架他太太……
對面是家人住的屋子吧……
啊！是那些傢伙！他們進去了！

哎呀？請問是哪位？
哇!?
魔龍岡大師！是魔界的邪神……魔法書果然在這裡……
魔頓岡大師！我們眼前的該不會是太古邪神別西卜的女兒「トト畢爾曼卡」!?
兩位搞錯了喔，トト畢爾曼卡是我的遠房伯母。
魔頓岡大師，你聽到了嗎？
魔龍岡大師，我聽到了。
總之她就是承襲了別西卜血脈的正統邪神，準沒錯。
快畫魔法陣啊！快！

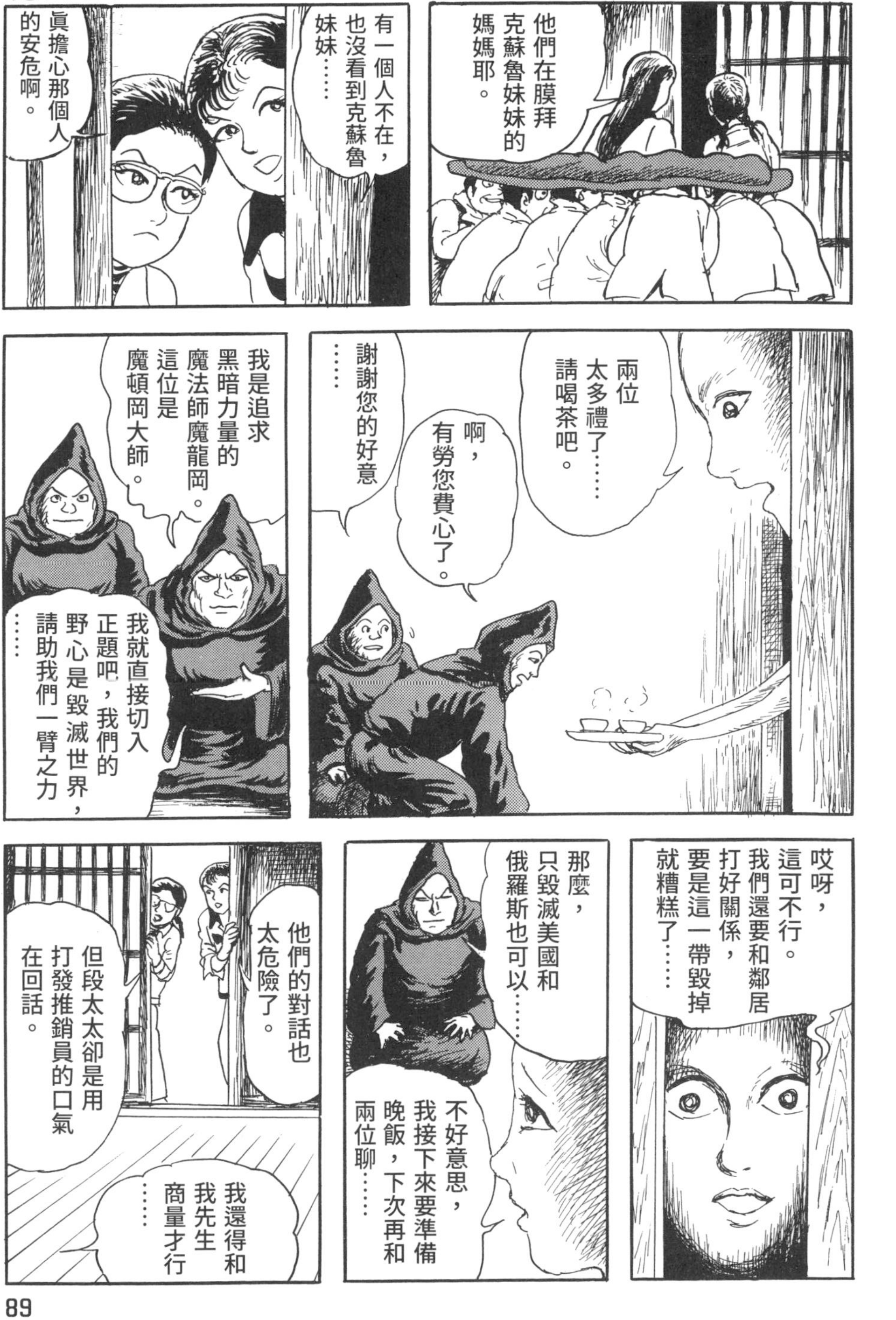
他們在膜拜克蘇魯妹妹的媽媽耶。
有一個人不在，也沒看到克蘇魯妹妹……
真擔心那個人的安危啊。
兩位太多禮了……請喝茶吧。
啊，有勞您費心了。
謝謝您的好意……
我是追求黑暗力量的魔法師魔龍岡。這位是魔頓岡大師。
我就直接切入正題吧，我們的野心是毀滅世界，請助我們一臂之力……
哎呀，這可不行。我們還要和鄰居打好關係，要是這一帶毀掉就糟糕了……
那麼，只毀滅美國和俄羅斯也可以……
不好意思，我接下來要準備晚飯，下次再和兩位聊……
他們的對話也太危險了。
但段太太卻是用打發推銷員的口氣在回話。
我還得和我先生商量才行……

什麼什麼？也讓我看一眼！
讓我看嘛！
讓我看嘛！
我也要看！
我也要！
還有我——！
眞是的——這群人眞煩！
誰叫你們要一起戴著這麼長的帽子！給我脫掉！
哇啊！
我們是只有一顆頭的七兄弟。
所以大家總是黏在一起。
很酷吧——！

這、這樣不會很不方便嗎？
沒這回事喔。
也有很方便的時候，帽子也只需要一頂就夠了！
不過想買新帽子的時候就麻煩了，很難找到適合的尺寸呢。
他們果然也是妖怪啊。
既然這樣，可以將《阿卡巴卡》借給我們就好嗎？
我正在用呢，請稍等一下。很快就好了……
她在吟唱咒語！
她要召喚什麼？是別西卜嗎？還是黑暗獸神基丘卡丘!?
紙、紙魚子……

ゴゴゴゴゴ
(轟轟轟轟轟轟)
妳看……屋頂上面……
(啪)
バキッ
ド
(咚——)
啊！魔頓岡大師！
哎呀！糟了！對不起！

爲魔界邪神獻身是我的夙願！
魔龍岡大師！
快、快點將《阿卡巴卡》……
(咻嚕)
ニュッ
哇啊
モグ
モグ
モグ
(罩住)
ガバッ
(嚼　嚼　嚼)
魔頓岡大師……
我不會讓你白白犧牲！
嗯……？
你們是誰!?
掰掰！《阿卡巴卡》！
阿呆——！
笨呆——！
《阿卡巴卡》到手了！
《阿卡巴卡》借一下嘍！

慢、慢著！
泰克利、利！泰克利、利！
妳……該回家了……我送妳回去……
不要——！我還要玩！

可惡的小偷！別小看我魔龍岡！
ひょい
（唰）
びよーーん
（咻——）
哇！頭卡在樹枝上了！
好痛啊！
哇——！好有趣的頭！人家也要加入！
魔、魔龍岡大師……救救我……
魔金岡大師，已經不需要人質了。
這個我就收回啦。

太好了！我們終於得到禁忌的魔法書《阿卡巴卡》了！
魔龍岡大師，快念出咒語……
啊！在那裡！
克蘇魯妹妹也在！
妳又不是我們的兄弟！別硬要黏在一起啦！

阿卡——巴卡——丘比——尤比——嗆——
又、又有東西從天空……
哎——被搶先一步了。
算了啦，照順序來吧。

ドサドサ
ドサ
（咚沙咚）
哇啊!!
這、這是黑暗魔獸銀魚嗎？還是普爾沛爾邪神的使魔梅尤梅尤？
呀——！
哎呀——居然訂了這麼多生鮮食品……很快就會過期的啊。
那些傢伙是隨便亂念編號嗎？
是生魚片的材料。啊——反而是他們變成食材啦。
那、那是什麼？
哇啊——!!

生魚片材料？那本魔法書召喚出來的……不是黑暗邪神嗎？
我們想買新帽子，但有貨的地方很少。
阿卡巴卡公司的帽子戴起來最舒服了！
別說那個了，可以把這小鬼帶走嗎？帽子塞不下她啦。
不是啦，那是阿卡巴卡公司的郵購目錄。
郵購？
目錄？
（噠噠）
バタバタ～
老公！

老師，我們拿回《阿卡巴卡》了……
太謝謝妳們了。可以幫我轉交給我太太嗎？
老師！原稿的篇幅不夠啊……結尾還有點隨便……
我去咖啡店寫完剩下的部分，很快就好。
老公！你在做什麼！怎麼買這種書回來……太不要臉了！
段老師開心買下的，似乎不是阿卡巴卡公司的郵購目錄，而是其他書……
雖然不清楚那些魔法師發生了什麼誤會，但郵購時要好好確認商品編號再下單啊……

魔法書阿卡巴卡♣完

頸山的怪醫院

是這裡吧。
咦……？招牌是頸山醫院？
我明明聽說是首山醫院啊……
建築看起來好老舊啊。
紙魚子因為盲腸手術住院，我是來探望她的。
首山以前好像也寫成頸山(註)，所以才改字吧？至少醫院招牌也一起換啊。
嗯……她說是四〇二號房。
好陰森的醫院……而且一個人也沒有……

註：日文的「頸」和「首」發音相同。

咦……？不在耶。
她去廁所了嗎？但病房裡只有一個大嬸，其他床位看起來是空的……？
402
這裡是四〇二號房沒錯吧……？
哇啊！
妳、妳是……外面的人吧……？
是、是的……我來探望朋友……
這間病房沒有其他病人嗎？我朋友是個戴眼鏡、綁辮子的女生……
我不清楚。別管那個了，妳可以幫幫我嗎？
有什麼事嗎？需不需要叫護士來？
不、不行不行！絕對不能叫護士！
請妳帶我離開這間醫院。要是不逃出醫院，我會被殺掉的……

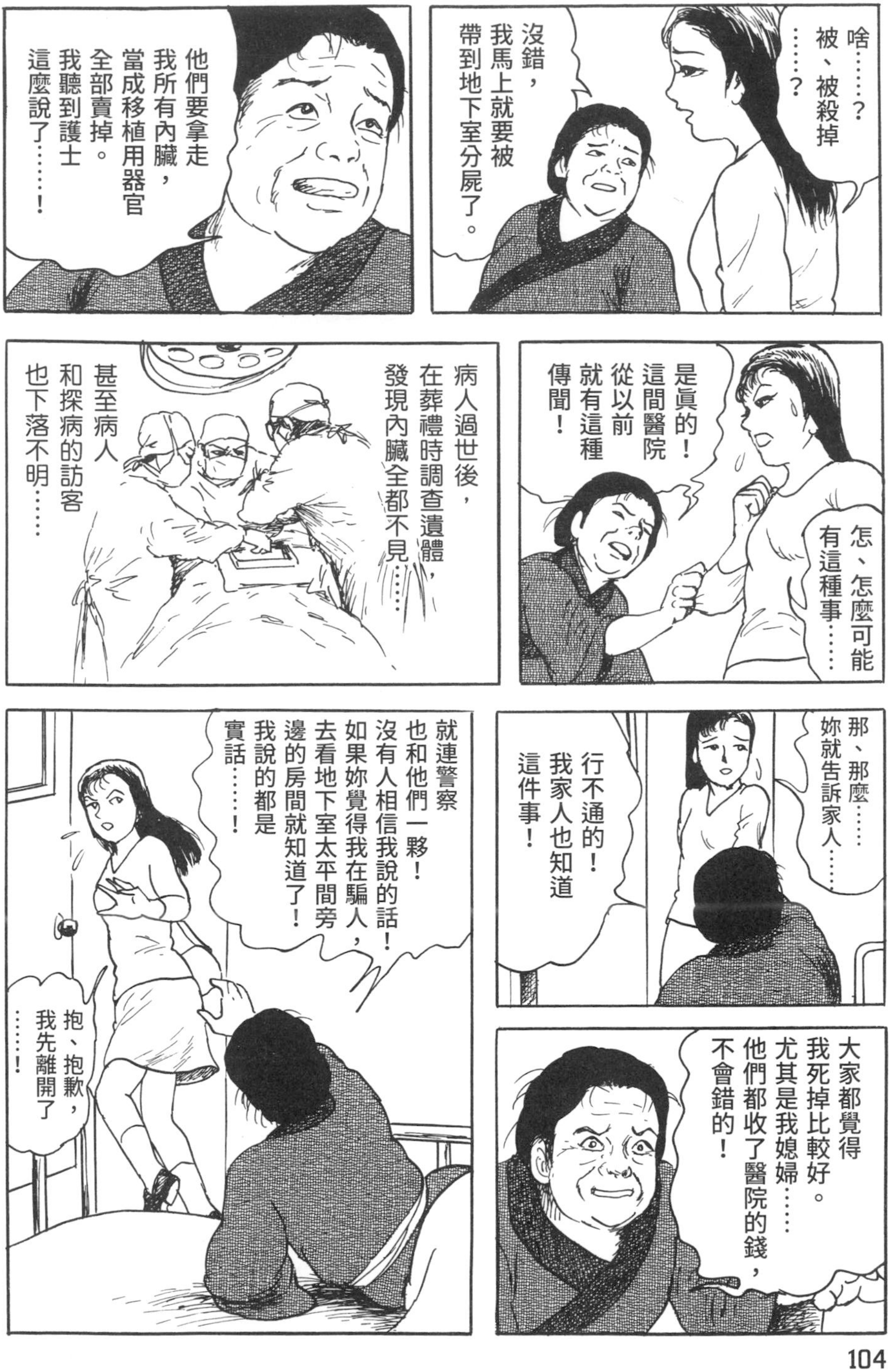

啥……？被、被殺掉……？
沒錯，我馬上就要被帶到地下室分屍了。
他們要拿走我所有內臟，當成移植用器官全部賣掉。我聽到護士這麼說了……！
怎、怎麼可能有這種事……
是真的！這間醫院從以前就有這種傳聞！
病人過世後，在葬禮時調查遺體，發現內臟全都不見……
甚至病人和探病的訪客也下落不明……
那、那麼……妳就告訴家人……
行不通的！我家人也知道這件事！
大家都覺得我死掉比較好。尤其是我媳婦……他們都收了醫院的錢，不會錯的！
就連警察也和他們一夥！沒有人相信我說的話！如果妳覺得我在騙人，去看地下室太平間旁邊的房間就知道了！我說的都是實話……！
抱、抱歉，我先離開了……！

這裡……應該不是精神科吧？
哇啊……！
妳是來探病的嗎？剛才的患者是不是說了什麼？
沒、沒什麼……
這樣啊……那位患者只是因爲胃潰瘍住院而已，但是……她有點神經衰弱……
總會說些不著邊際的話。如果妳聽到奇怪的事，請不要放在心上……
知、知道了……
我朋友說她住在四〇二號房……
四〇二號房沒有您說的患者呢……
眞奇怪……我搞錯醫院了嗎？是這一帶沒錯啊……

(喀拉 喀拉 喀拉)
カラ カラ カラ
(喀拉　喀拉)
カラ カラ
咦？那不是紙魚子嗎？
去地下室了。
チン!
叮!

處理室
他們去哪裡了？
地下室沒有病房啊……X光室嗎？
內科是哪科啊……不是說諧音笑話的時候了……
對了，太平間就在地下室吧……？
這裡是……？
キィ……
（嘰……）

咦……？這裡是？
裡面空蕩蕩的，地板上全是紅色的斑駁痕跡……
好、好不舒服……
ガチャ
(喀洽)
有人……過來了……
那、那是……什麼……？

哇啊！
グイッ
(扯)
噓！安靜……
要是聲音太大會被他們發現，會被帶走。
這、這是怎麼回事？
這間醫院在戰爭時期是軍用醫院，除了治療受傷的士兵，聽說還進行過化學兵器的研究。像是毒氣瓦斯或生化武器……
毒、毒氣瓦斯……!?
所、所以說，他們是……？
他們是葬身在這裡的舊帝國軍人之靈。據說死在實驗中的俘虜也會化做幽靈出沒。
可是……妳說戰爭，是多久以前的事了……？
四十多年前。這間醫院也是從當時保留下來的……
四十年……？是這樣嗎……？

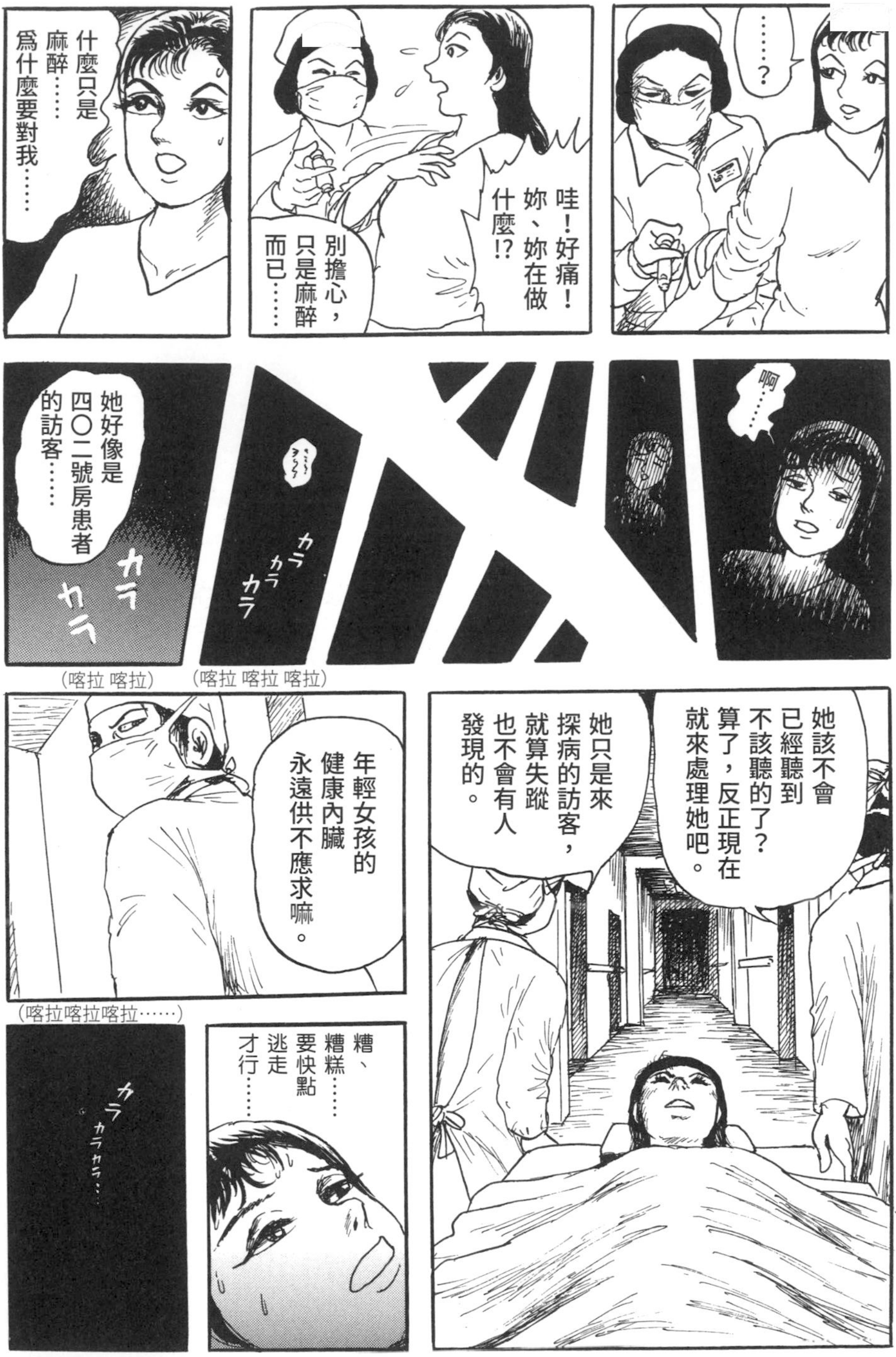
……？
哇！好痛！妳、妳在做什麼!?
別擔心，只是麻醉而已……
什麼只是麻醉……爲什麼要對我……
啊……
カラ カラ カラ
她好像是四〇二號房患者的訪客……
カラ カラ
(喀拉 喀拉 喀拉)
(喀拉 喀拉)
她該不會已經聽到不該聽的了？反正現在就來處理她吧。
她只是來探病的訪客，就算失蹤也不會有人發現的。
年輕女孩的健康內臟永遠供不應求嘛。
(喀拉喀拉喀拉……)
糟、糟糕……要快點逃走才行……
カラ カラカラ…

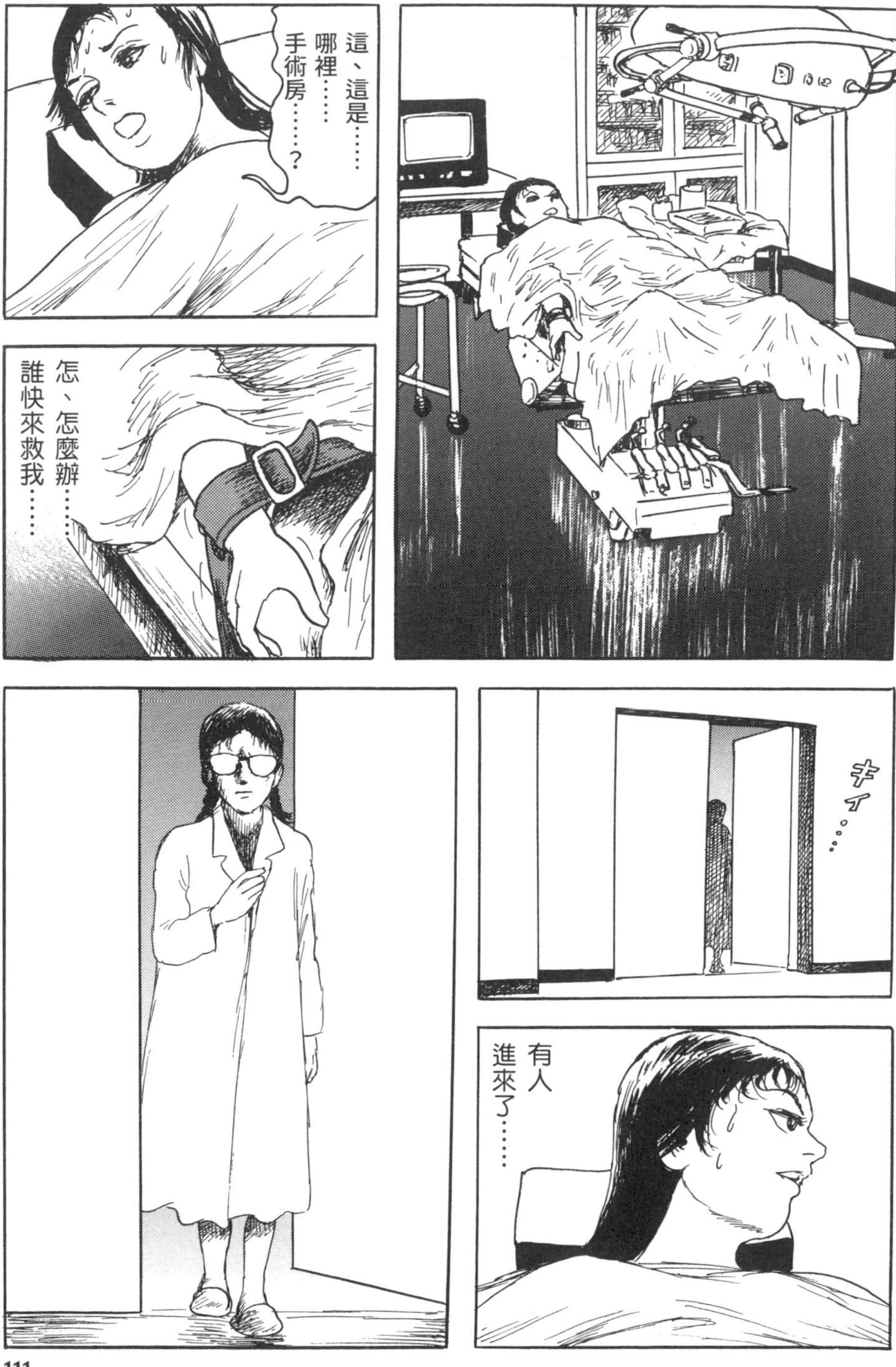
這、這是……
哪裡……
手術房……？
怎、怎麼辦……
誰快來救我……
キイ…。。
（嘰……）
有人
進來了……

紙魚子……？
不對，但是有點像……
ブッ…
（啪擦……）
我會救妳的。但妳要幫我做一件事……
什、什麼事？
走廊盡頭的房間裡有個櫃子，裡面擺了很多瓶罐。妳幫我找上面寫著「川島」的瓶子……
然後帶著瓶子到保管室，妳從走廊轉彎後走一段路會看到了……做得到嗎？
可、可以的。瓶子裡裝的是什麼？
拿來後妳就知道了。記得把寫有「川島」的瓶子全帶過來。
有很多瓶子，一個都別漏掉喔……
我知道了。

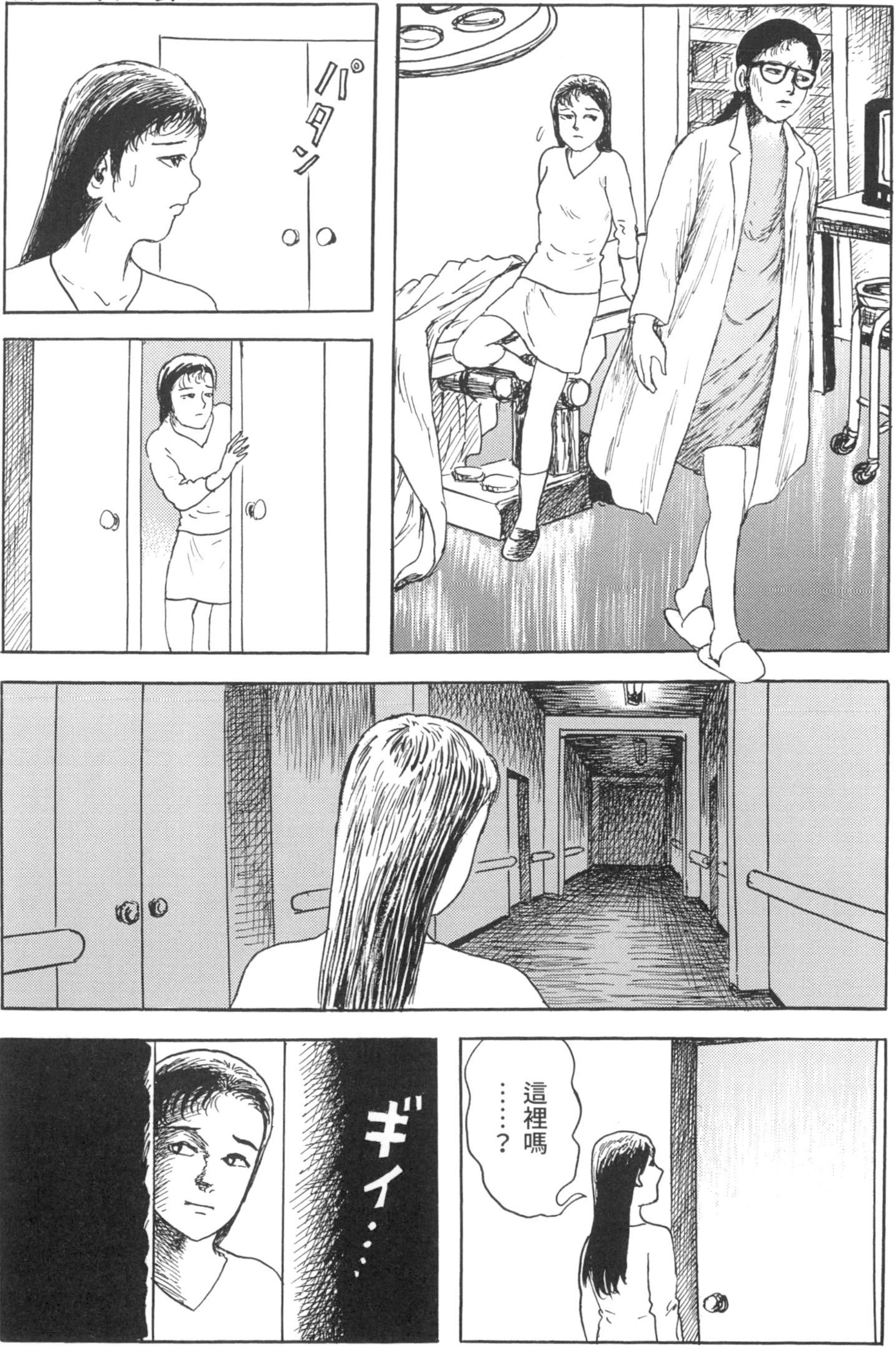
パタン
（碰）
這裡嗎……？
ギイ…
（嘰……）

怎麼回事……也太多瓶子了……
川島……川島……啊，找到了。
有護士服。先借來穿好了，以免被人懷疑。
眞的有好多瓶子啊。裡面裝的是什麼？
太暗了，看不清楚。

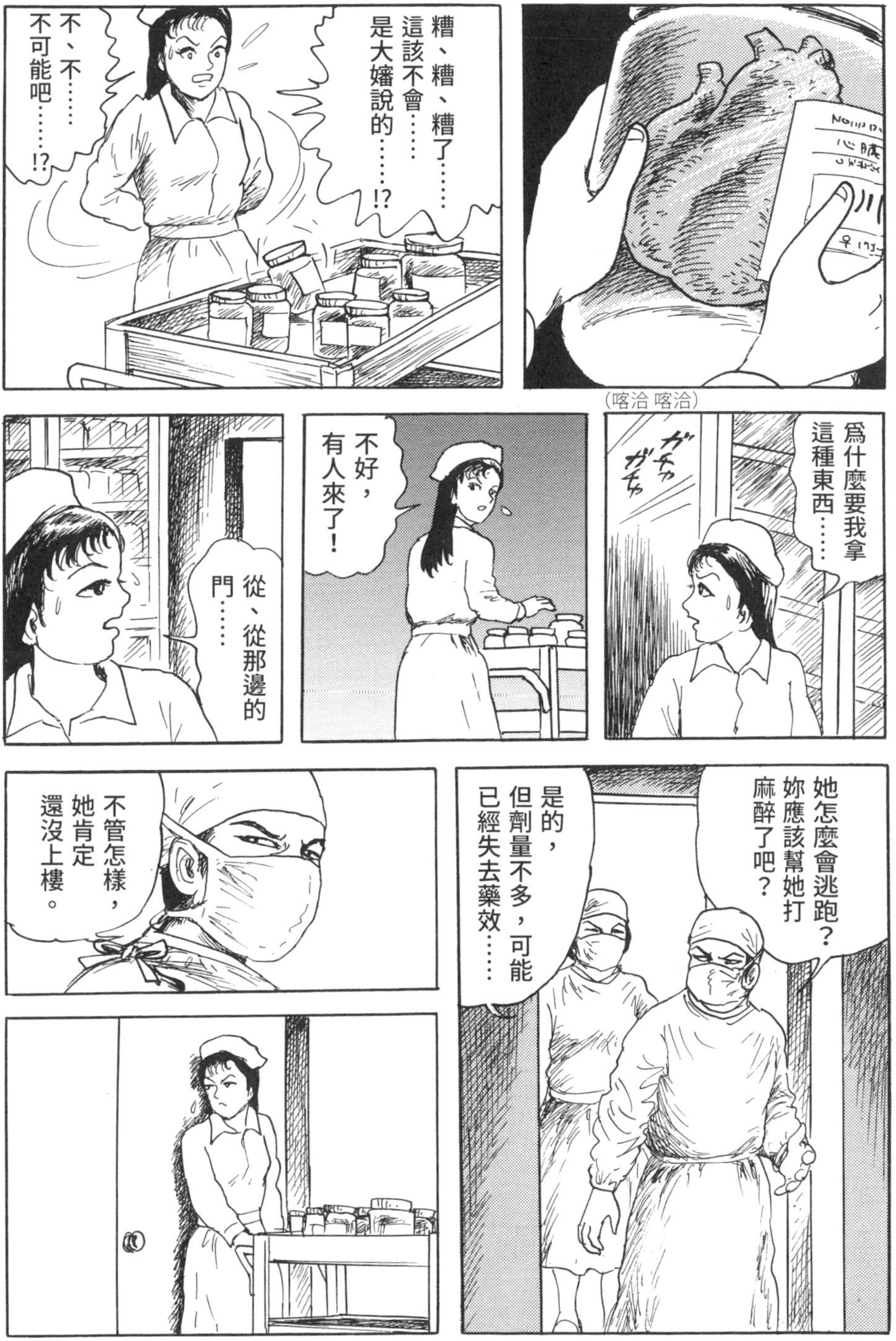
糟、糟、糟了……這該不會是大嬸說的……!?
不、不……不可能吧……!?
(喀洽 喀洽)
爲什麼要我拿這種東西……
不好,有人來了!
從、從那邊的門……
她怎麼會逃跑?妳應該幫她打麻醉了吧?
是的,但劑量不多,可能已經失去藥效……
不管怎樣,她肯定還沒上樓。

嗯……
這裡……
該不會是
太平間吧……？
（快步 匆忙）
そろ
そろ
カラ カラ
（喀拉 喀拉）

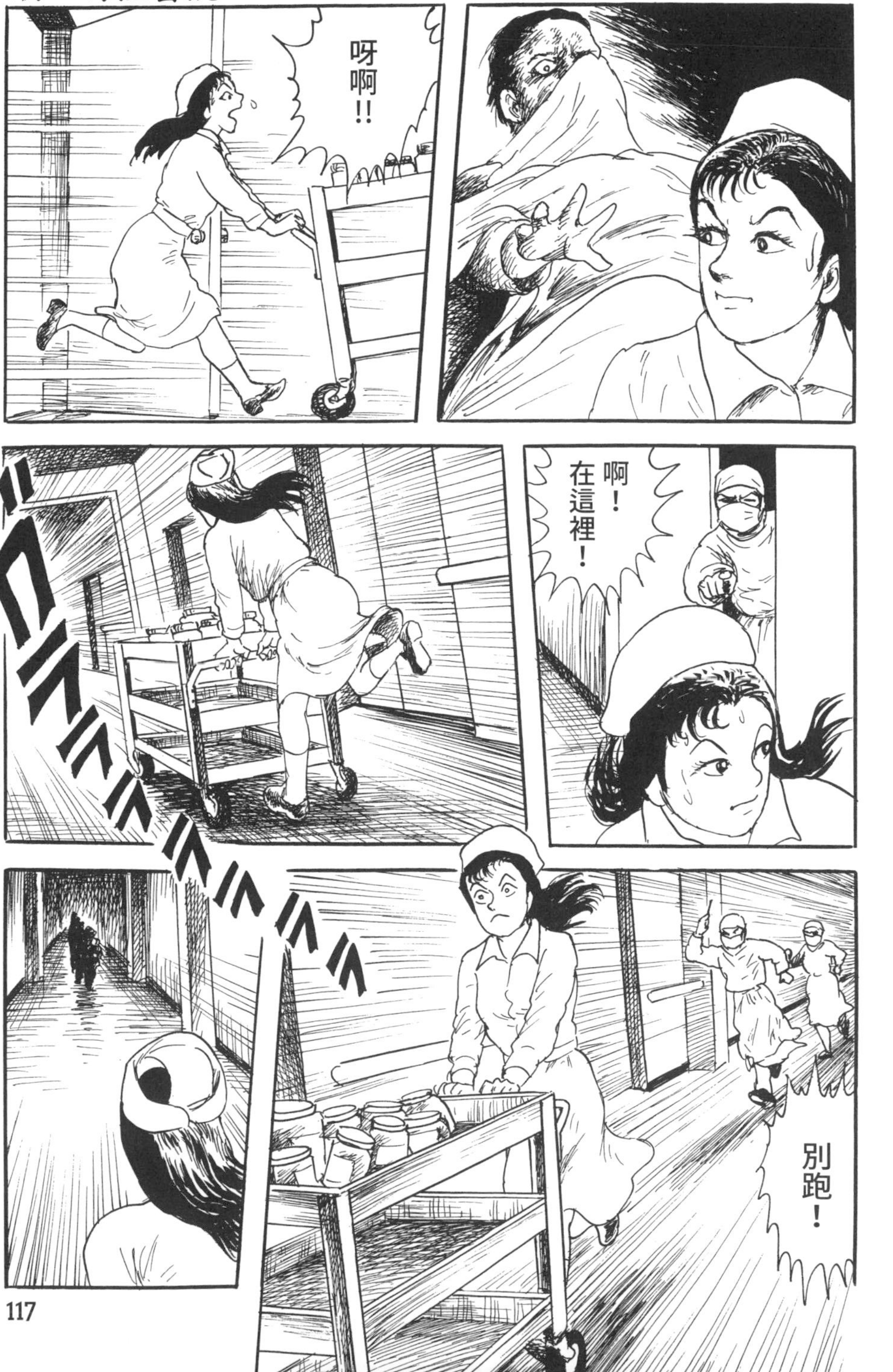
呀啊!!
啊！在這裡！
(哐啷啷啷啷啷啷)
別跑！

别挡路！
到了！
保管室
バタン
（碰）
ガチャ
ガチャ
（喀治 喀治）

我拿瓶子來了。人呢？
奇怪了……沒辦法，只好先放在這裡。得快點逃出去才行……
啊！糟糕！追過來了！
ドンドン
(咚咚咚)
有、有其他出口嗎……？
ズル…
(咻……)
バサッ
(唰)

妳拿來了嗎？
我的身體……
キィ。。。。
（嘰……）

也拿我的身體來!
我的身體也還來!
我的也……!
呀啊——
ガシャーン
(哐噹——)
我的身體……!
給我吧!
我收下了!
不行!這是我的!
バン
(碰)

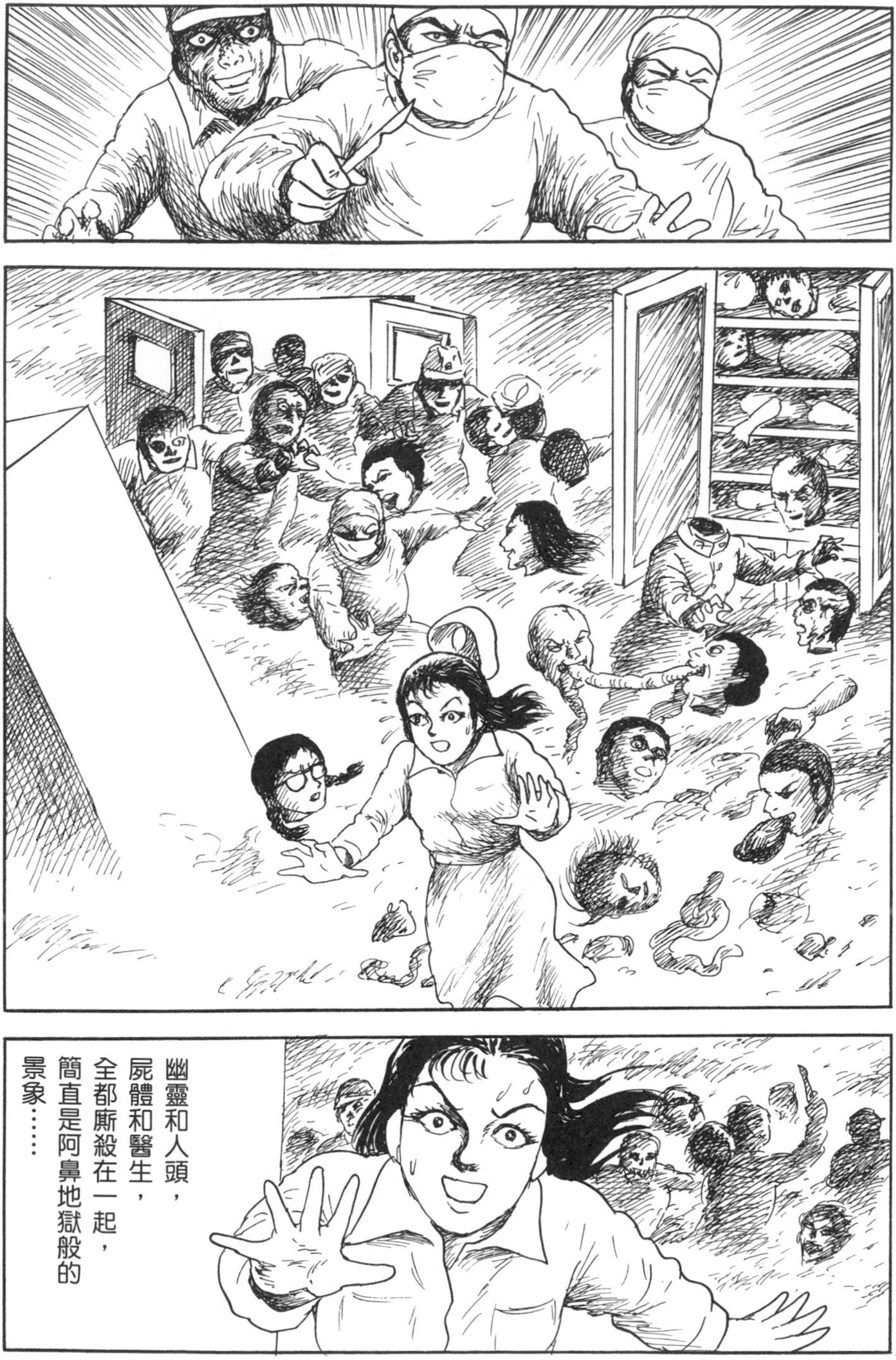
幽靈和人頭，
屍體和醫生，
全都廝殺在一起，
簡直是阿鼻地獄般的
景象……

我已經搞不清楚發生了什麼事，只是拚命從地下室逃出來。
飛奔出醫院後，我回頭一望……
醫院徹底消失了嗎……？
沒錯，簡直就像被施法了一樣。
妳應該就是被施法了吧？
妳誤入的頸山醫院和這間首山醫院是不同醫院，但以前確實位在那塊空地上。
原本也眞的是軍用醫院，也因涉嫌進行化學兵器研究，由GHQ※經手調查。
※聯合國佔領日本時設置的總指揮部。

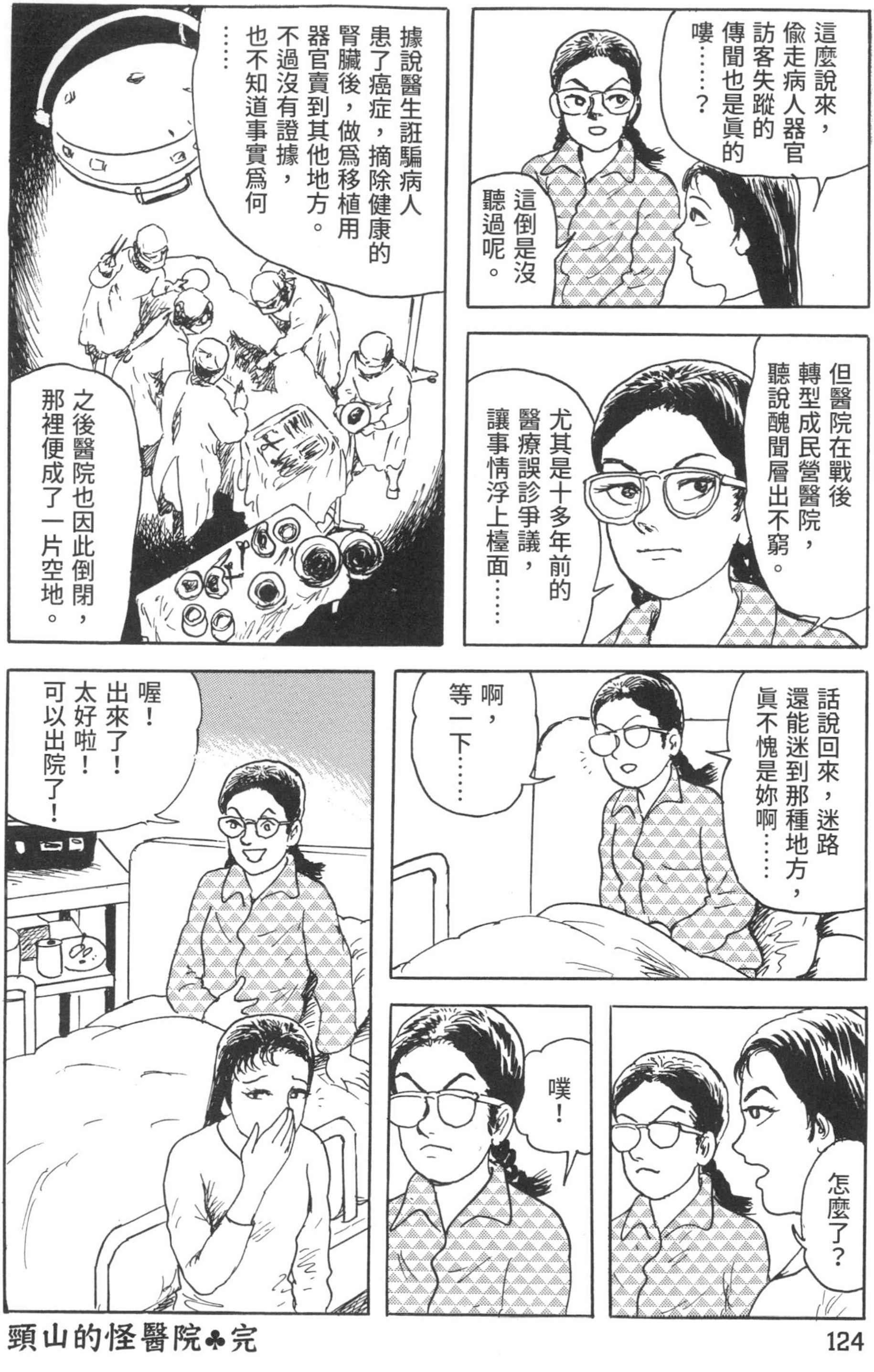
這麼說來，偷走病人器官訪客失蹤的傳聞也是真的嘍……？
這倒是沒聽過呢。
但醫院在戰後轉型成民營醫院，聽說醜聞層出不窮。
尤其是十多年前的醫療誤診爭議，讓事情浮上檯面……
據說醫生誆騙病人患了癌症，摘除健康的腎臟後，做為移植用器官賣到其他地方。不過沒有證據，也不知道事實為何……
之後醫院也因此倒閉，那裡便成了一片空地。
話說回來，迷路還能迷到那種地方，真不愧是妳啊……
啊，等一下……
怎麼了？
噗！
喔！出來了！太好啦！可以出院了！

殺戮詩集

事情發生在初夏某日，整天都有股宛如暴風雨到來般的不祥預感。
明明還沒有正式進入夏天，卻好悶熱啊。
天氣眞詭異……簡直像有暴風雨似的……
兩位小妹妹……
我有問題想請教妳們。這個町叫什麼名字啊？

啥……？
呃……這裡是胃之頭町……
胃之頭町……這名字和那個人眞相襯。
那個人在這裡沒錯吧？
那個人……？
我都知道喔。因爲我聞到那個人的氣味了。
對了，這是什麼生物？在其他地方沒見過呢。
這是……姆爾姆爾……聽說做成佃煮很美味……
這樣啊……
(咕嘟)
ごくん
生吃也不錯呢。呵呵呵，我越來越喜歡這地方了。
接下來只要找到那個人……
呵呵呵呵！我很快就能找到啦！

我很快就會找到你！等等喔！
她……是誰……？
栞，妳看……
她該不會露宿在這裡吧？好像還捉了姆爾姆爾來吃。
這麼一說，聽說因爲姆爾姆爾大量繁殖，這一帶增加不少野狗和野人呢。
野狗我懂，野人是什麼意思？
是說剛才的女人……我總覺得在哪裡看過她……

老公，吃飯嘍！
好，我馬上過去。
終於找到了！段老師果然住在這個町……
栞，我找到了。咋天的女人……就是她！妳看！

這是什麼？「新銳女詩人特輯」？
這是四年前的詩集雜誌，妳看這張照片，是她沒錯吧？
眞的耶。她到底是誰？
女詩人菱田鬼虎。
聽說她年齡不詳、熱愛流浪，就連詩集雜誌的編輯都不知道她定居何處。
她最有名的作品是《殺戮詩集》……妳應該聽過吧？
沒聽過。
是喔……
《殺戮詩集》是鬼虎自費出版、限量五百本的詩集。就像書名寫的，整本書充滿了血腥殺人、刨割屍體般的詩作。
我來念這裡列舉的詩名給妳聽：《血滴之詩》、《腦漿四溢》、《膽囊美饌》、《以腸跳繩》、《將眼珠……》。
夠、夠了啦……
不過，這本詩集會受到世人矚目，是後來某件事情曝光造成的。

當時警方在鬼虎居住的公寓發現她戀人的屍體，並且將她逮捕了。
屍體被發現時已經死亡超過兩個月，鬼虎在這段期間都和屍體一起生活，同時完成了《殺戮詩集》。據說殺人手法也和詩集內容如出一轍喔。
好噁心！
那種人爲什麼出現在這裡……
她被判定爲心神喪失，所以無罪釋放。
她也因此被送入精神科醫院，但聽說在一年前左右出院了。
出院……意思是她治好了嗎？
不好意思，打擾一下……

啊！鬼虎……小姐……
有件事想要拜託妳……
哎呀？爲什麼妳知道我的名字？
呃……我很喜歡看書……曾在一本舊詩集上看過妳的照片……
我也很喜歡《殺戮詩集》。
原來如此……
這樣就好辦了。我在這裡沒有認識的人，所以想麻煩妳幫我做一件事……
什……什麼事……？
泰克利、利！泰克利、利！
克蘇魯！不要搗亂！
老公，你可以帶克蘇魯出門玩嗎？

我要來不及交稿了。
可是克蘇魯把我好不容易煮沸的油連鍋子吞下去了嘛！今晚本來想炸天婦羅的……
拜託你了，等我煮完晚飯就可以回來了……
哎，眞傷腦筋。
要是去附近的公園，又會被媽媽們排擠的……要帶她去哪裡打發時間呢？
啊，段老師。
喔？紙魚子啊。妳今天一個人嗎？
我和栞約在三丁目的公園會合。老師打算散步的話，要不要一起走呢？
栞說她很想念克蘇魯妹妹呢。
眞的嗎？栞願意陪克蘇魯玩的話就再好不過了。

（轟隆轟隆轟隆……）

紙魚子眞是的！爲什麼約在這種公園啊？也沒說什麼事……
偏偏選在這麼討厭的天氣……
ゴロゴロゴロ……
啊……來了。
栞，久等了。
妳好慢啊。咦？段老師和克蘇魯妹妹……
你們怎麼在一起？
路上剛好遇到。
我有件事想拜託妳。妳可以陪克蘇魯妹妹玩嗎？一下下就好。
不會太久的，拜託妳了！我和段老師有點事情要忙……
咦!?妳這樣說我也……

耶！大姊姊！一起玩──！一起玩──！
眞的嗎？
栞，謝謝妳！那就萬事拜託啦。
栞，加油啦！
等、等一下！這是什麼情況？
老師，栞說她可以幫忙照顧，一個小時後會帶克蘇魯妹妹回家。
咦──？
栞，原諒我吧。
哎呀，我趕著要交稿，眞是幫了大忙。這樣我應該就能稍微趕一下工作進度了。
老師接下來要回家工作嗎？
不，我還沒有靈感……可能先去一趟宇論堂，再到車站前的咖啡廳坐坐吧。
或是乾脆去鬱狀寺散個步好了。
那麼……我知道一個有趣的地方，要不要去看看呢？
有趣的地方？什麼地方？

我認識的人辦了現代詩朗誦會，也寄了邀請函給我，要去看看嗎？
現代詩？嗯……我對詩沒什麼興趣……
別這麼說嘛！就在這附近而已，看一下就好……
雖然是現代詩，但內容相當驚悚，肯定很有趣喔。
這、這裡嗎？
是的，對方借了五樓房間的場地。
沒有電梯嗎？
電梯好像故障了。走樓梯也不錯啊。老師不是缺乏運動嗎？
一個人也沒有呢。這棟大樓是廢墟嗎？
到了，就在這裡。

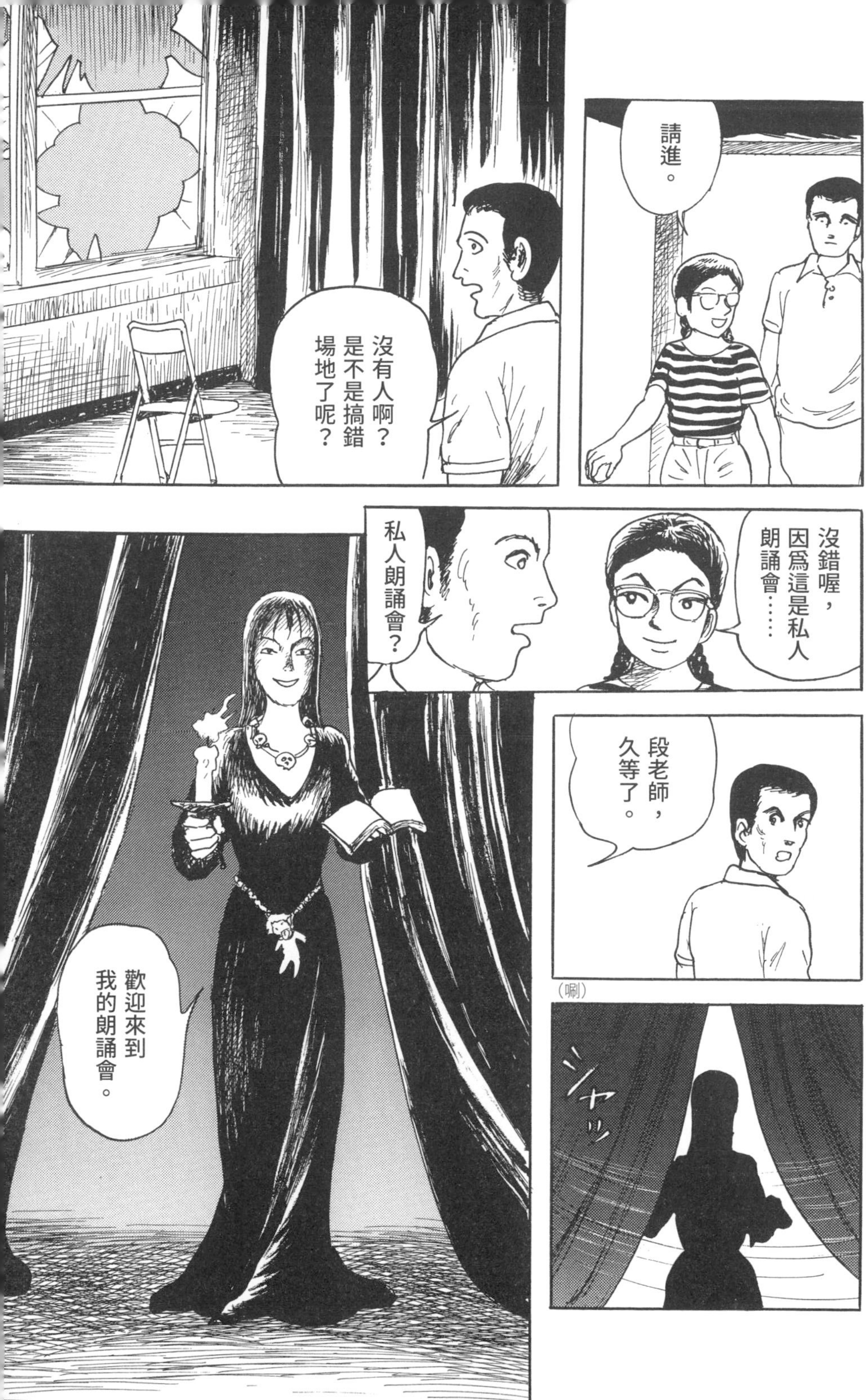
請進。
沒有人啊？是不是搞錯場地了呢？
沒錯喔，因爲這是私人朗誦會……
私人朗誦會？
段老師，久等了。
(唰)
シャッ
歡迎來到我的朗誦會。

接著就請慢慢欣賞……
（碰！）
バタン！
段老師，抱歉啦！
カッ
（轟）
這是我爲段老師特地舉辦的朗誦會，請您細細聆聽。
ゴロゴロゴロゴロ…
（轟隆轟隆轟隆轟隆……）

（轟隆轟隆　轟隆轟隆）
ゴロゴロ
ゴロゴロ
泰克利、利！泰克利、利！
パン
（磅——）
呀啊！打下來了！
克蘇魯妹妹！開始打雷了，天色也越來越暗，我們回家吧！
呆哥哩、拉拉拉！
她、她升級了！

請問……我們以前見過嗎？
我是菱田鬼虎，在去年撲殺出版社的派對上打過照面……
啊……那場派對啊……當時有兩個詩人和一個評論家滿身是血被送到醫院……
我想起來了，《殺戮詩集》的作者菱田鬼虎小姐……
老師還記得我，眞是倍感榮幸。
我……當時看到旁邊吃著碗子蕎麥麵的老師……感到大腦邊緣系統一陣酥麻。從那天起就對您念念不忘。
喔！那時候在我旁邊拿著碎酒瓶的就是……
是啊，妳臉上沾滿血的樣子也讓人難忘呢。

好開心！我爲老師寫了詩作，請聽一聽我滿懷心意的朗誦！
我得在晚飯前回家，拜託不要念太久啊。
(轟隆轟隆轟隆轟隆)
ゴロゴロゴロ
呵呵呵……呵呵呵……
實在等不到回家了。眞品耶！我得到眞品了！
妳得到了什麼？
咦？栞？妳們回來啦？
因爲好像要下雷雨了。

那是什麼書？
沒、沒什麼。
啊！段老師！
咦!?
ザッ
沙
啊！還給我！
《殺戮詩集》……這是怎麼回事？
血……血……你的血……黏稠濃膩在地面蠕行將我雙足如章魚般蜷住你的血……蜿蜒拖行
你的血滴拉曳我雙足牆壁上啪嗒啪嗒啪嗒啪嗒滿是血手印……

你的頸動脈一裂而開讓我深深著迷讓我恍惚不已噴出、噴出豔紅而美麗你的血……
鮮紅的血也自我手腕汩汩噴出兩者交融合而爲一你的血和我的血……
哇！下雨了！
不、不要拿我的書擋雨啊！
拜、拜託……我向妳道歉，把書還給我吧……
不要！除非妳說實話……
妳怎麼會有這本書？不是限量五百本的珍貴詩集嗎？
是鬼虎小姐親自送我的……
她用這本書收買妳了吧？她有什麼企圖？
她說只是想邀請段老師參加朗誦會而已……

她希望我幫她找段老師來，只有這樣啦！
眞是那樣的話，妳老實說出來就好了吧？爲什麼還要偷偷來？甚至瞞著我？
還把克蘇魯妹妹丟給我照顧……
這、這個嘛……我也不太清楚，但鬼虎小姐好像不想讓段老師的太太知道……
爲什麼啊？對了，鬼虎在找的男人就是段老師吧？難道是外遇……？
我、我不這麼認爲啦……
バキ…
（啪拉……）
什麼外遇!?
不、不是的，事情不是這樣……
您、您誤會了……
我老公在哪裡？
バキ
バキ
（啪拉 啪拉）

唰唰唰唰 長長的腸子 拖曳而出、拖曳而出 無止盡延伸的腸子
將腸子一端 在寢室門把 掛上的我 笑呀笑、跳呀跳 以腸跳繩……
我多想喚醒死去之人 一起跳繩遊樂 笑呀笑、跳呀跳 和死者以腸跳繩 你會嘗試過嗎？
溫熱鮮血自頭頂傾注 你會感受過嗎？ 伸手探入心臟內側 你會體會過嗎？ 老師！請和我…… 請和我…… 一起享受瀕死 體驗吧！
呃……妳…… 這、這只是詩 沒錯吧？
啊……!?

（哐噹）
老公！你們在做什麼!?
老、老婆！妳誤會了！
我們彼此相愛，這都是命運的安排，而且……
沒、沒這回事！
原來是夫人啊。我深愛著段老師喔！
（哐噹）

呀啊——
(哐啷　哐啷　哐啷)
ガラ
ガラ
ガラ
老婆！妳誤會了啦……！是她擅自……
老公……我們回家好好談談……

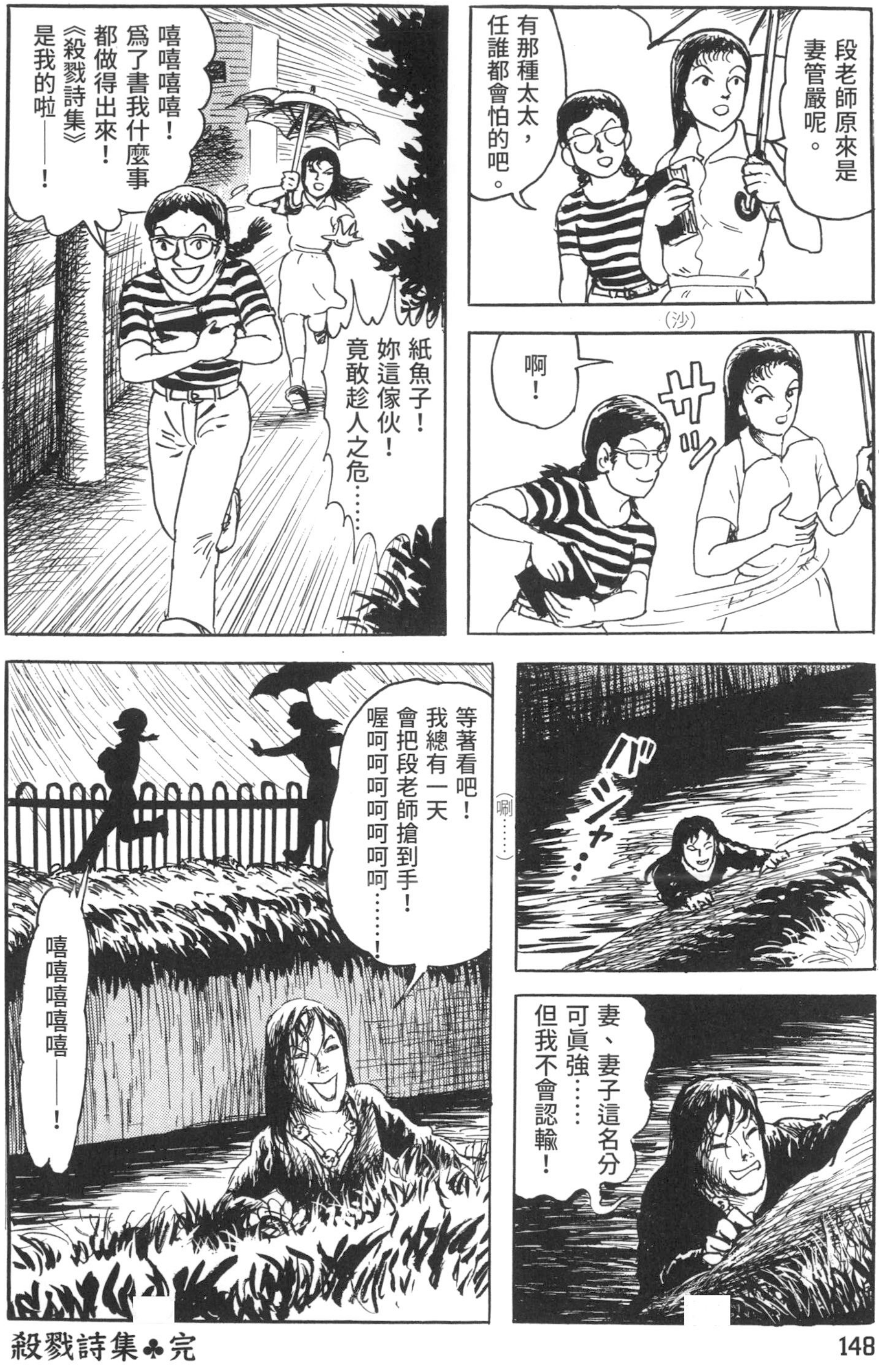

段老師原來是妻管嚴呢。
有那種太太，任誰都會怕的吧。
（沙）
啊！
サッ
嘻嘻嘻嘻！為了書我什麼事都做得出來！《殺戮詩集》是我的啦——！
紙魚子！妳這傢伙！竟敢趁人之危……
バシャ…
（唰……）
妻、妻子這名分可真強……但我不會認輸！
等著看吧！我總有一天會把段老師搶到手！喔呵呵呵呵呵呵呵……！
嘻嘻嘻嘻嘻——！

帶寵物散步

(叮鈴鈴鈴)
プルルル
喂？是琹啊？現在？我有空啊。妳是用手機打來的嗎？
妳人在哪裡？咦？什麼？寵物？
我遇到有點麻煩的事情，現在剛好在妳家附近，妳可以出來嗎？拜託了！
怎麼了？發生什麼事？
不知道爲什麼，狀況變得很棘手……

帶寵物散步

我有時會在這條散步路上遇到一位優雅的太太，剛才也和她錯身而過。
雖然我們只會偶爾互相打招呼而已……
每次看到她時，她總是牽著什麼在散步……
但我卻不太清楚她牽著的到底是什麼寵物。
爲什麼？
我也不知道爲什麼，應該是讓人沒什麼印象的狗吧……
今天她的寵物又像這樣躲進樹叢裡，因為她看起來很煩惱的樣子……
請問……需要幫忙嗎？
沒關係，牠很快就會出來……
只是我想去買個東西，帶著寵物不太方便……
如果不介意的話，我暫時幫忙看著吧？
我隨口這樣提議了……
真的可以嗎？那麼，能請妳幫我帶牠散步一下嗎？
牠自己知道散步路線，繞一圈後會再回來這裡……

……她交代完後就離開了。
真是的！妳就這樣被迫帶寵物散步了嗎？妳就是人太好了啦。
因爲對方感覺是溫柔優雅的太太，不小心就順著她的話走了……
話說回來，到底是什麼寵物啊？爲什麼會鑽進這種地方？把牠拉出來吧。
牠力氣好大啊。幫我一下。
大型犬嗎？
嗯……！
(啵)
ズボッ

哇啊！
紙魚子！救、救命……快來幫我！
怎麼辦啊？眞的要帶這種東西去散步嗎？
不然要怎麼辦嘛！
怎麼回事？什麼都看不見啊！幽靈？妖怪狗!?

啊！之前在胃之頭公園的媽媽們！
咦？是那傢伙嗎？
眞的耶。但今天是其他人牽著……
ぱく
ぱく
ぱくっ
(吞吞吞)

帶寵物散步

她們看得見我們牽的東西嗎？
天曉得……
話說回來，這是哪裡？
沒看過的巷子呢。
喔！這不是約翰嗎？

帶寵物散步

平常都和夫人一起的，今天是年輕妹妹陪你散步啊？
牠叫約翰啊。
請問……大叔看得見這隻……叫約翰的寵物嗎？
當然啊。妳們是專門帶寵物散步的嗎？
我們只是路過被拜託而已。
哎呀！眞是辛苦了！哇！別這樣！
不要一直舔我啦！知道了！知道了！
（喀拉喀拉喀拉）
バキ
ベキ
バキ
哇啊……！
（拉緊）
グン
喂！不能放開繩子喔！
之前也有人幫忙遛約翰，結果只是稍微鬆手就被吃掉了……
啥？
顧、顧到一個不得了的東西了！

紙魚子……胃之頭町有這種路嗎？
我也不知道啊，至少我家附近應該沒有吧。
啊！慢著！不能去那裡！
就隨牠走怎麼樣？牠不是知道自己的散步路線嗎？
但這是別人家的庭院耶。
話是沒錯……這房子也真奇怪……

嗯……？
牠停下來了。
栞……
不覺得很臭嗎？
哇——！牠大便了啦！竟然在這種地方……！
糟糕！有人出來了！快逃！
喂！是誰啊！居然在我們家院子……大便要帶走啊！
這樣好嗎？帶走寵物糞便是飼主的責任喔。
那種巨便要怎麼帶走啊？況且我又不是飼主！

來到奇怪的地方了。這裡是公園嗎？還是哪間宅邸的庭院？
反正是沒看過的地方。
啊……停下來！停下來！

帶寵物散步

咦？是一顆頭的七兄弟!?
喔？午安啊。
妳們也來散步嗎？
帽子很棒吧？是新貨喔！
給我金貨！
是稀貨吧？
ぞろ
ぞろ
(魚貫而出)
ぞろ
ぞろ
(接連不斷)
等、等一等……已經超過七個人了吧？
今天是跟堂兄弟和堂堂兄弟一起出門喔。
卡茲伯母做了很棒的帽子給我們。可以一次讓七十個人戴喔。
七、七十個人!?

你、你們走快一點……我要拉不住了！
哇啊！
(咬)
ガブ
啊！
哇！
(啃 咬 啃)
ガブガブガブ
但帽子沒事！
哇！有一個人被吃掉了！
(魚貫而行)
ぞろぞろぞろ
沒、沒關係嗎？
沒關係吧……反正有七十個人……

雖然走出來了……但這裡不像是胃之頭町耶。
那會是哪裡？耳鳴町或首山也沒這種地方啊。
栞……約翰好像稍微露出形體了。
眞的！

啊！不能跑進別人家！
牠跑得好快啊。感覺熟門熟路的……
哎呀！這不是約翰嗎？歡迎光臨——！稍等我一下喔。
啊！是猶格。
這裡好像是寵物沙龍。

美容師室
大家上工嘍。今天的客人是約翰，小心不要被吃掉嘍。
ぞろぞろ
（魚貫 而出）
わらわら わらわら
（嘩拉　嘩拉　嘩拉）
シャカシャカ シャカシャカ
（唰　唰　唰　唰）
妳們第一次來嗎？隔壁有美容休息室，在約翰洗完澡前過去休息一下如何？

這裡嗎？美容休息室……？
怎麼不太對勁？
啊！克蘇魯妹妹的媽媽。
哎呀，是栞和紙魚子啊。真難得在這裡遇到妳們……
(哐啷啷啷啷啷)
我美容正做到一半，先失陪了……
ブルルルルル
有夠不對勁。

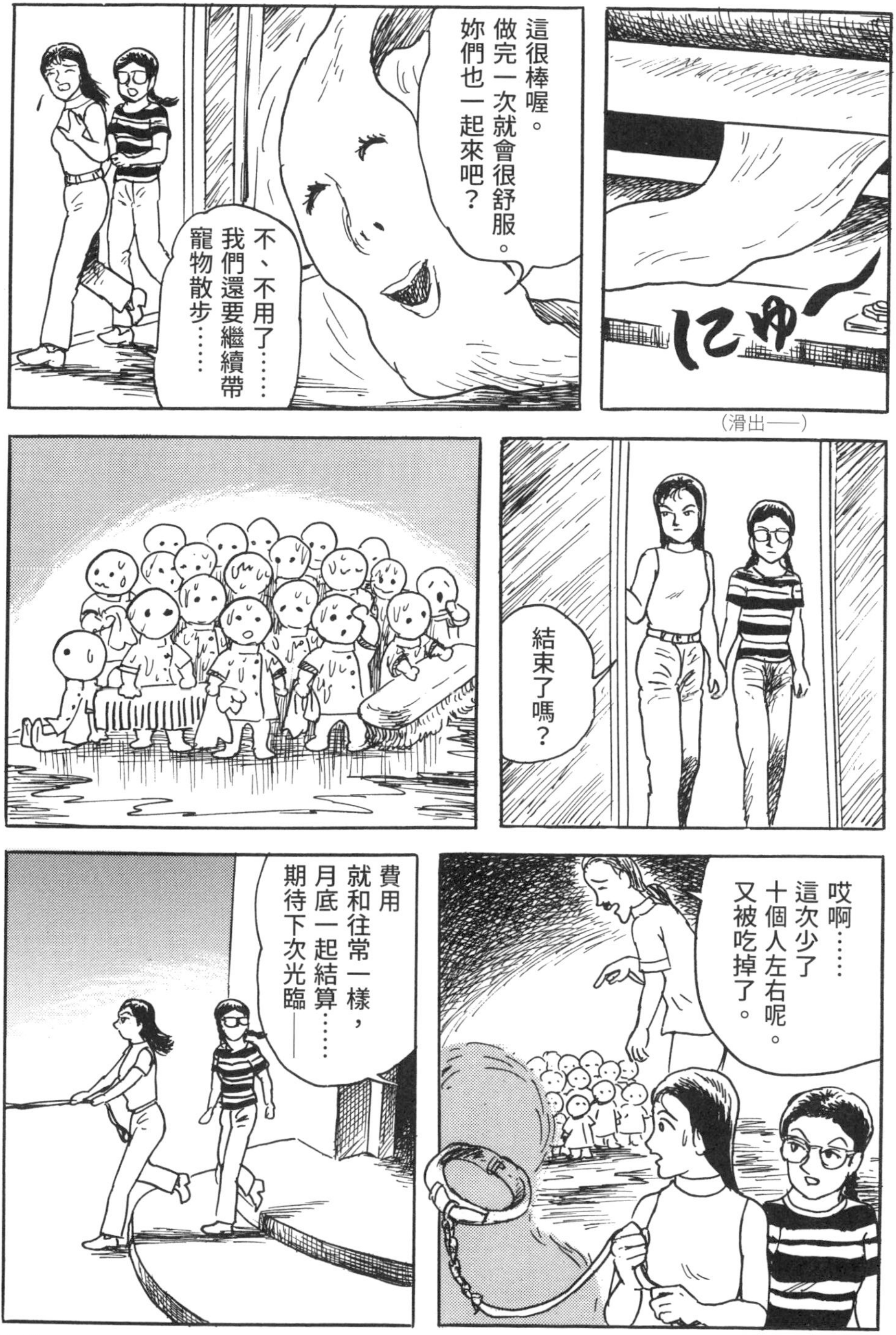
にゅ～
(滑出──)
這很棒喔。做完一次就會很舒服。妳們也一起來吧？
不、不用了……我們還要繼續帶寵物散步……
結束了嗎？
哎啊……這次少了十個人左右呢。又被吃掉了。
費用就和往常一樣，月底一起結算……期待下次光臨──

琹……附近的景色怎麼越來越荒涼了。
我們眞的回得去嗎？
那位太太說約翰繞一圈後會回到原處，現在只能相信她了。
剛才是不是直接放生約翰、和克蘇魯妹妹的媽媽一起回去比較好？
要是那樣做的話，我們現在還在那裡被美容呢。

這是哪裡!?
不要問我!
栞……
怎樣?
我看得見約翰了。

我們一直牽著這種東西嗎!?
不能放手喔！會回不去的！
(呼呼呼)
!!
來——握手——
有、有東西在和約翰玩。
假裝沒看到！

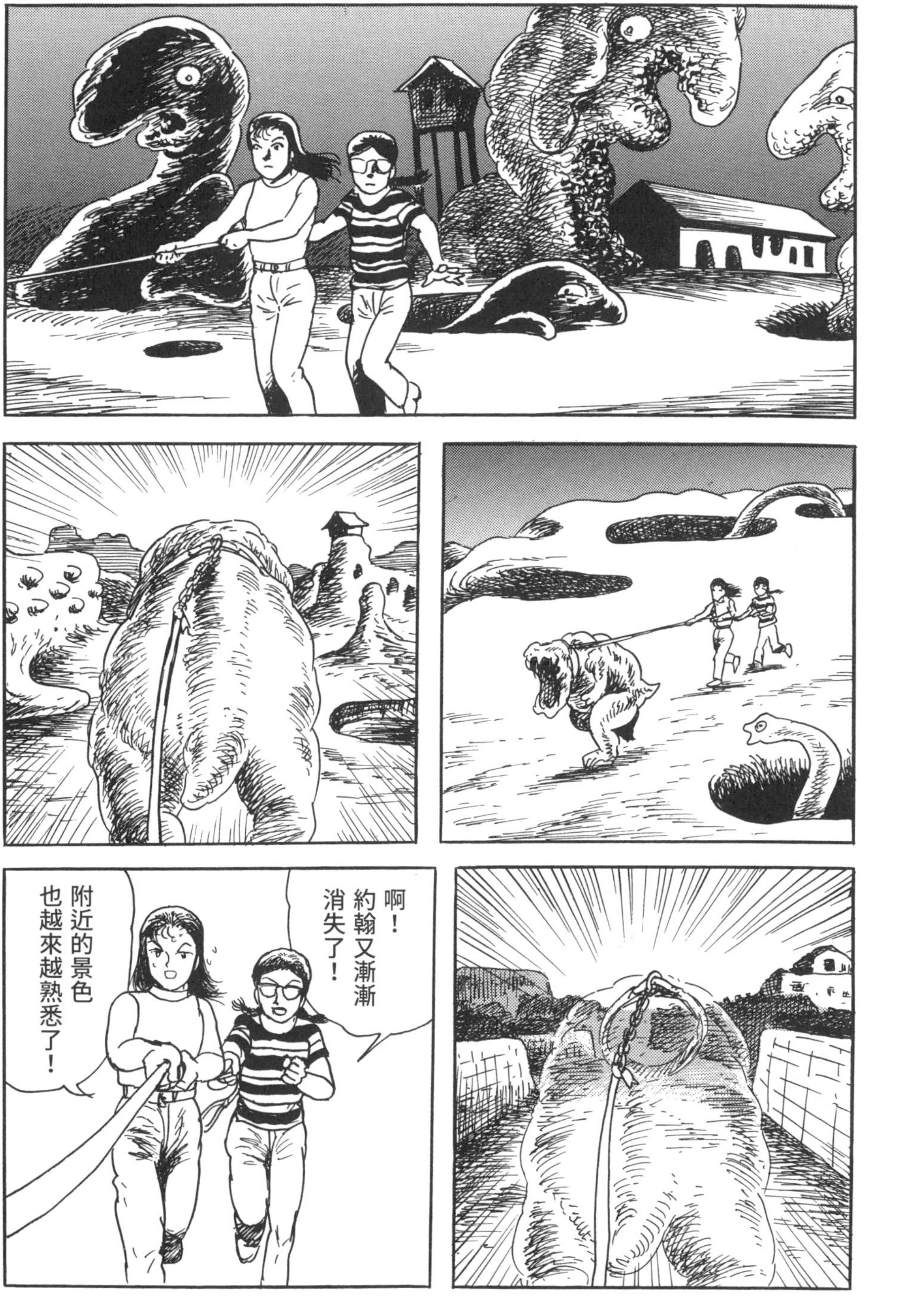
啊！約翰又漸漸消失了！
附近的景色也越來越熟悉了！

(筋疲 力盡)
へた へた

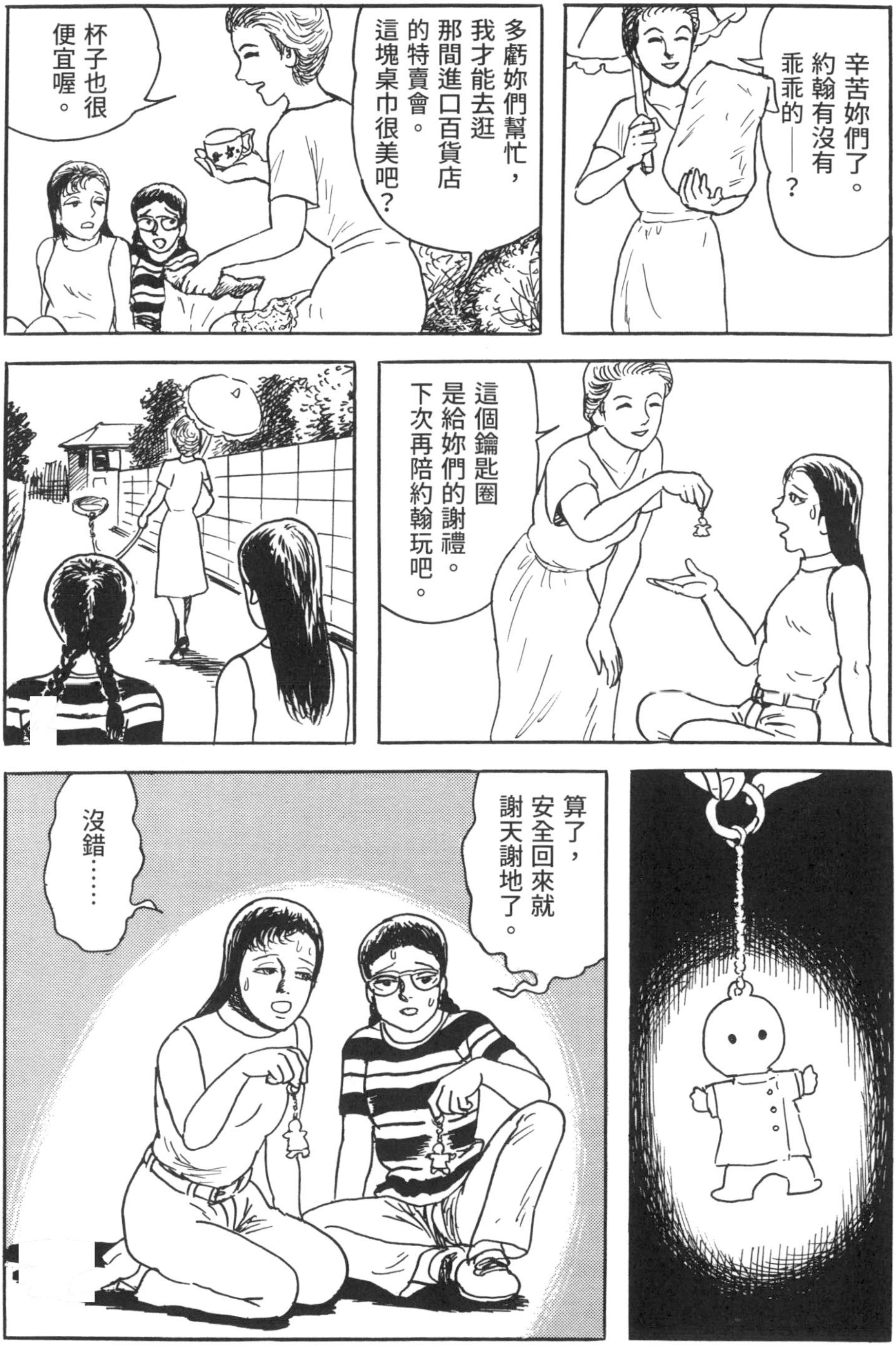
辛苦妳們了。約翰有沒有乖乖的——？
多虧妳們幫忙，我才能去逛那間進口百貨店的特賣會。這塊桌巾很美吧？
杯子也很便宜喔。
這個鑰匙圈是給妳們的謝禮。下次再陪約翰玩吧。
算了，安全回來就謝天謝地了。
沒錯……

帶寵物散步♣完

漫長迴廊

這裡是長頸寺，從首山搭公車約十五分鐘車程。
沒想到還挺有風情的。
對吧？首山附近有不少這樣的地方喔。
可以進去參觀耶。
手冊上寫說是頸山城城主顎長勝在應永年間建造的菩提寺。
栞！妳看！
哇——！好大啊！眞有趣——！

漫長迴廊

咦？
前面不開放
參觀……
禁止進入
好暗的走廊啊。
裡面是什麼呢？
說不定有什麼
好玩的東西。
進去偷看一眼
吧？
不好啦。
一下下就好……
啊！
這個也好有趣！
栞！
妳快來看！
栞……？

好、好長的走廊……
好像沒什麼東西。還是回頭吧……
糟糕，有人過來了。快點回去吧，不然會被罵的。
咦……？
我怎麼走了這麼長的路？一開始的入口有那麼遠嗎……？

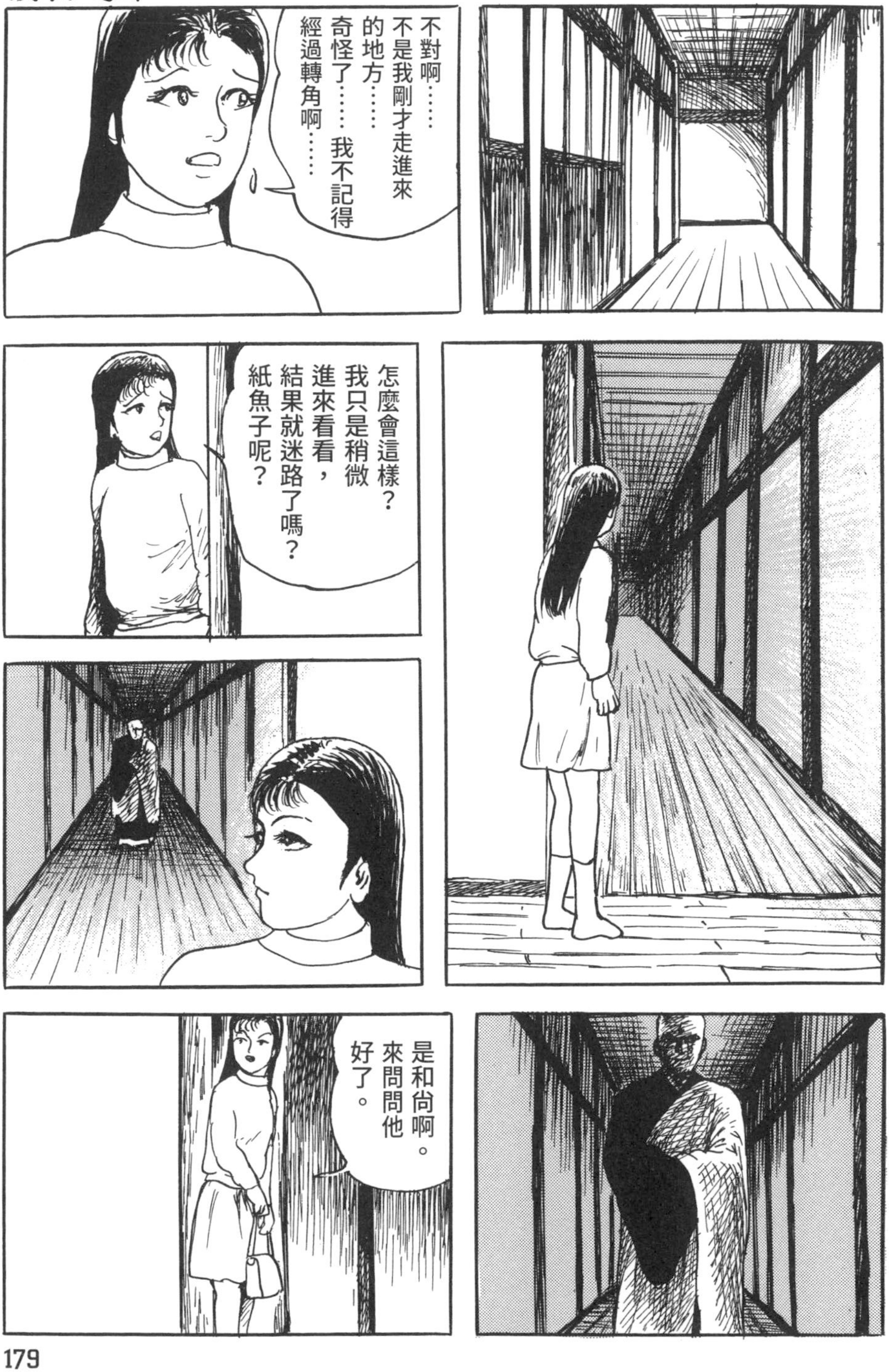
不對啊……不是我剛才走進來的地方……奇怪了……我不記得經過轉角啊……
怎麼會這樣？我只是稍微進來看看，結果就迷路了嗎？紙魚子呢？
是和尚啊。來問問他好了。

什、什麼……？
他的表情太
恐怖了吧……
別走!!
呀啊！

咦!?
又、又來了
……?
可惡……
打不開!

呀……
呀啊——！
別走……
別走別走……！
別走——！
到……
到底是怎樣啊!?
這條走廊究竟要
延續到哪裡……!?

小妹妹，妳不能從那裡進去喔。
啊……抱歉，因爲我朋友不見了……
她好像往裡面走了……
朋友？是和妳差不多年紀的女孩子嗎？
對，是我同學。
唔……這下傷腦筋了……
請問……我朋友是不是惹上麻煩了……
不是……總之像妳這樣年紀的人，最好不要進去那條走廊。
跟我來吧，我們去本堂慢慢說。

那條走廊不開放參觀是有原因的……
那原本是一條繞過本堂後通往客殿的迴廊，現在只殘存一部分。雖然迴廊已經不是原本的模樣，但還是留下恐怖的傳聞。
恐怖的傳聞？
什麼傳聞？
這個嘛……是四百多年前的事情了……
這座長頸寺有位名爲岳念的和尚。他年輕時就皈依佛門，並且嚴守戒律、不近女色，世人都奉他爲高僧。
某天，城主顎長勝的女兒長姬為了弔祭亡母來到菩提寺參拜，由岳念為她帶路。

不曾接近女色的岳念一見到公主，至今從未感受過的澎湃情感在他內心湧現，難以擺脫。
簡單來說，就是他對公主一見鍾情了。
然而，岳念身為受到嚴格戒律束縛的和尚……這段戀情不可能結成正果，他自己是最清楚的。
更何況對方還是城主的女兒。他與公主的交會，僅有在這條走廊帶路的此刻而已……
當岳念意識到這件事時，他的心意反而更加熾烈奔騰。
和公主走在漫長迴廊的岳念心想，真希望這條走廊永遠都不要有盡頭。

而跟在岳念身後的公主，漸漸疑惑起走廊究竟要通向何方。
師父……這條走廊還眞長呢。
是的。
走廊會通往哪裡呢？
通往永遠。
公主看見岳念轉頭望向自己的神情，一股恐懼油然而生，打算掉頭離開。

僕人和
其他僧侶
不知何時已
不見蹤影，
漫長的迴廊
只有他們兩人。
公主在
走廊
拚命逃跑。
岳念被愛欲妄念
沖昏了頭，
面目猙獰地
追在她身後。
公主跑過一個又
一個轉角，迴廊卻
永無止盡地一直延伸。
她就這樣一直被
岳念所追逐，
直到現在……

眞、眞是的！請不要嚇人啊！
不過啊，和公主年紀相仿的女性只要踏進那條走廊，就會被神色猙獰的和尚追逐……這類風聲時有耳聞……
哈哈哈！總之就是有這樣的傳說啦！
聽說有人被追了三天三夜，甚至有女性就此下落不明。
這是前任住持告訴我的……
琹該不會也……下落不明了……？
雖然她也可能突然蹦出來就是了……
聽說只要念著般若心經、從迴廊外緣往外一跳，就能逃出岳念的追逐。
據說絕對不能往迴廊內側跑。
我想琹應該不知道般若心經。
不然南無阿彌陀佛、或是阿毘羅吽欠娑婆訶，什麼都可以。
(碰——)

栞!
啊,紙魚子!這裡是哪裡!?
是寺院的本堂。原來妳會念南無阿彌陀佛啊!還是阿毘羅吽欠娑婆訶?
妳、妳在說什麼啊?
走失的人就是妳嗎?妳是從迴廊外緣逃出來的嗎?還是從內側?
她都回來了,應該就是從外緣吧?總之沒事就好!
……?
喔……原來還有那種傳說……那個恐怖的和尚叫做岳念嗎?
妳究竟是怎麼回來的?

我記不太得了。
現在只想快點回家。
累死我了……
栞……？
在這之後，栞沒買車票就打算走過剪票口，還差點搭上反方向的電車……
回到胃之頭車站後，她也三次走錯方向。到最後甚至……
栞！慢著……等等我！

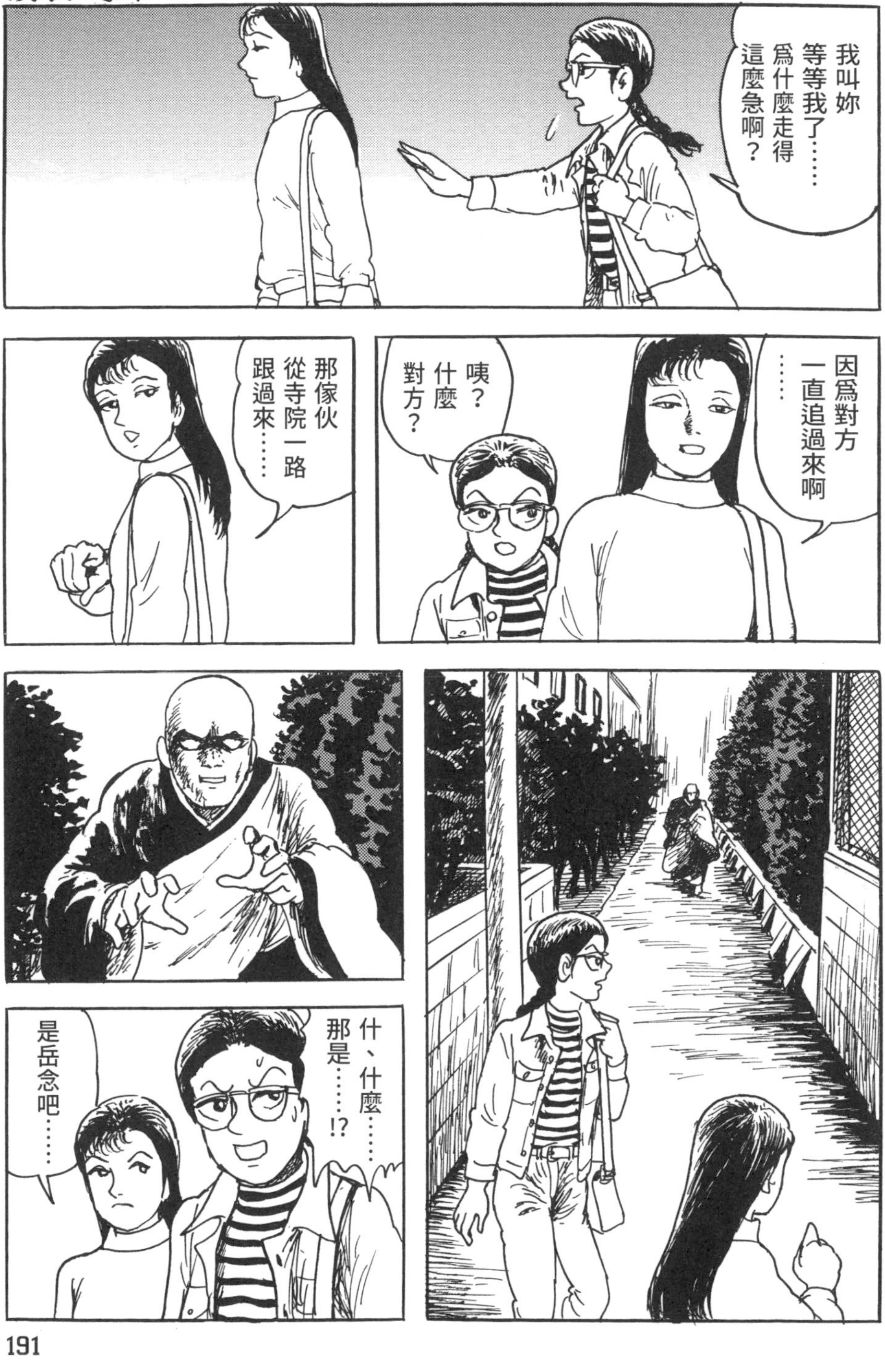
我叫妳等等我了……爲什麼走得這麼急啊？
因爲對方一直追過來啊……
咦？什麼對方？
那傢伙從寺院一路跟過來……
什、什麼……那是……!?
是岳念吧……

這……這是怎麼回事……爲什麼追來這裡……!?
總之快逃吧！快點！
咦……!?
奇、奇怪……這不是我們常走的散步路嗎？這條路沒這麼長啊……
現在不是說這個的時候了！

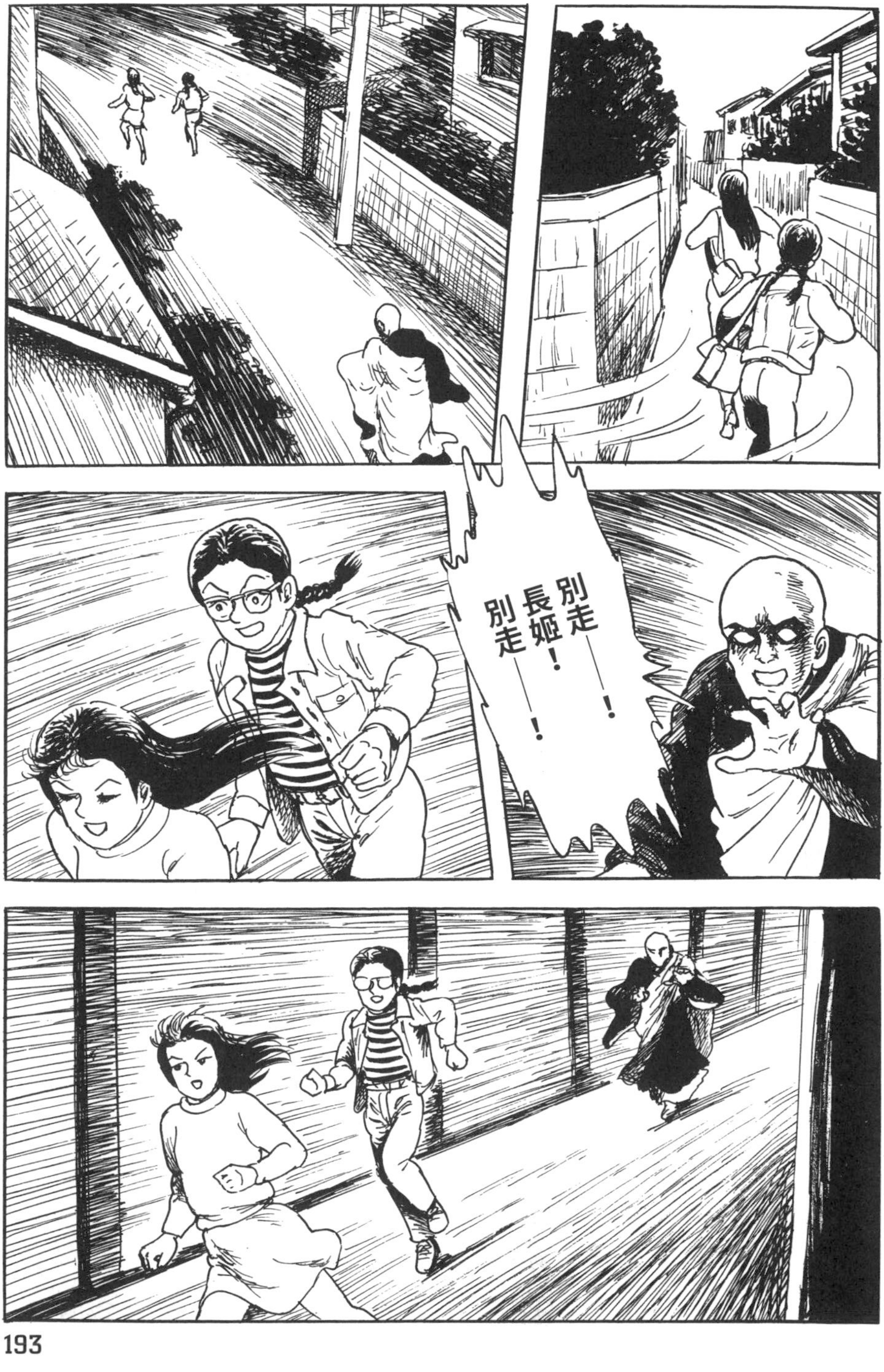
別走──！
長姬！
別走──！

這、這裡……突然變成長頸寺的迴廊了！
別走——！
對、對了！般若心經！呃……
空卽是色……嗎？
然後要往迴廊外側還是內側啊？
內側！
摩、摩訶般若波羅蜜多……空卽是色……
呃……呃……
算了啦！阿毘羅吽欠娑婆訶！
（碰——）
（啪）

這、這是……哪裡!?
呵呵呵呵呵，這句台詞四百年來都說不膩啊……眞是單純的男人……
長姬……公主……請面對我岳念的心意……別再逃避……!

妳不是琹！
妾身是頸山城的長姬。妾身以前稍微戲弄過這愚蠢的男人，有時會回來再玩玩。
長姬？所以妳被岳念在長廊上追逐至今的傳說是假的……？
呵呵呵呵，這男人對此深信不疑啊。其實只有他獨自在原處一直打轉而已。追逐著不存在的女人……
和傳說完全不一樣嘛！其實是妳迷惑了耿直的和尚、害得他墮入畜生道！妳這公主眞是了不起啊！
偶爾會有人像妳朋友一樣誤入迴廊，被那男人錯當成妾身追趕，最後逃來了這裡。妳也要來當妾身的侍女嗎？
別開玩笑了！

公……
公主……！
哪邊才是公主？
是妳嗎——！
你這笨蛋！
居然被這種女人
迷惑了四百年！
（啪）
（癱軟 無力）
へた
へた
喔？第一次
出現這樣的
小姑娘……
這場遊戲也要結束了呀？
也罷，都已經
持續四百多年，
妾身也差不多玩膩了。

(倒地)
請問……剛才究竟發生了什麼事？
我也不明白啊。
不過，看來是妳讓岳念成佛了……
短暫的公主生活如何啊？
想不起來了。只記得一直跑來跑去，累死我啦……

鬼虎的
跟蹤日記

呵呵呵呵，段老師的模樣就近在眼前，看得一清二楚。
選在這裡果然是正確的決定。
住在喜歡的人附近、每天監視對方，這可是跟蹤狂的基本法則喔。呵呵呵呵！

啊！老師在和妻子吵架！
哎——老師完全敗下陣來。
被教訓了……啊……他怯懦的表情好可愛！
哎呀——從家裡逃出來了。
好、好羨慕……好羨慕老師的妻子啊！
老師——！鬼虎老師！您一直待在那種地方嗎？
誰啊？吵死了！我正在忙重要的事……！
我是絞殺出版社的海老名。您不在之前的空地，我就在這附近到處尋找。

咕噥
咕噥
老師是不是該寫新作品了呢？您從《殺戮詩集》出版以後就……
吵死了！妳沒看到我正忙著寫跟蹤日記嗎？
跟蹤日記？是下一部作品的名字嗎？
噢！我的姆爾姆爾火鍋滾了。
嗯！煮得剛剛好！妳要吃一口嗎？
您的好意我心領了。
「在樹上持續觀望他的我看著他的面容這個早晨多巴胺也在我腦內急速分泌」……
跟蹤日記
「今天的他和妻子吵架了妻子的臉巨大如奈良大佛」
「他怯懦的模樣讓我無比憐愛無法克制」……

「當我愛上男人就會像扁桃腺受到刺激般愛到無可自拔為什麼對方總是恐懼不已那樣驚懼的表情蒙上膽怯的臉龐是如此可愛……但是他啊比起懼怕我更忌憚妻子」……
「我好嫉妒他的妻子我好恨她！」……
您寫得眞不錯呢！尤其是奈良大佛那一句……
這就讓我刊在下個月的《骨碌嘎碌》啦！再見——！
咕噥咕噥咕噥……
要怎麼做才能讓他害怕我……不對，喜歡我勝過妻子呢？啊——姆爾姆爾火鍋眞好吃。
她有什麼我沒有的東西嗎？難道是一張大臉？
老師……好喜歡你……咕噥咕噥……

(咻咻咻咻)
スルスルスル
(唰唰)
ドサドサ
東京都建議
垃圾袋
(沙沙沙 抓)
サササ
ガッ
東京都建議使用
垃圾袋
(沙沙沙沙)
跟蹤狂守則之二：盡可能取得跟蹤目標的大小事。垃圾回收日是最適合蒐集情報的日子。
(唰唰)
ドサドサ

跟蹤狂一不小心就會當上癮呢。呵呵呵！
這種執著和黏著度的感受眞讓人受不了。
ひょい
（咻）
ぴょんぴょん
（跳跳）
奇怪的垃圾眞多。雖然也撈過餐廳的垃圾，但還活著的料理活魚的廚餘只在高級餐廳看過呢。
栞……妳看。

好像又出現奇怪的生物了。
因爲段老師的家就在附近吧。不要扯上關係比較好。
哎呀……！
廚餘又長克西里西了，眞討厭……
妳可不要亂丟奇怪的垃圾喔。
放心啦。垃圾袋我都好好綁緊了。克西里西的幼蟲也沒什麼危險性……
烏鴉之類的動物可能會咬破垃圾袋啊……
說得也是。那麼克西里西我就先在家燒掉吧。萬一牠們長大產卵，就傷腦筋了……

爸爸——！陪我玩——！陪我玩——！
不行啦，截稿日快到了。妳去和猶格玩。
不要——！我要和爸爸玩——！
克蘇魯！不要吵妳爸爸！
嗚——哇！
小妹妹！小妹妹！
什麼事？
要和大姊姊玩嗎？
眞的嗎？大姊姊要陪我玩？
對啊。
好耶——！好耶——！

這就是「射人先射馬，擒賊先擒王」。先收服老師的小孩，讓她成爲我的盟友。
啊，妳看那邊。
泰克利、利！泰克利、利！

是菱田鬼虎和克蘇魯妹妹，什麼時候變得這麼要好了？
她們倒是很合得來的樣子呢。
泰克利、利！泰克利、利！泰克鈴、鈴♪
克蘇魯！妳在這裡啊？我還想說妳到哪裡去了……
哎呀，妳是……
呃……嗯——……喔呵呵……
算了，謝謝妳陪克蘇魯玩。不介意的話進來坐坐吧……

鬼虎小姐，上次眞抱歉。我好像誤會了……
沒關係，不用在意。呵呵呵……
這是姆爾姆爾的佃煮，不嫌棄的話請收下……
哇！謝謝！我最喜歡姆爾姆爾了！
比我預想得還順利呢。是時候實行那個計畫了。
嘿咻！呵呵呵，今天也大豐收！
ドサ ドサ
（唰唰）

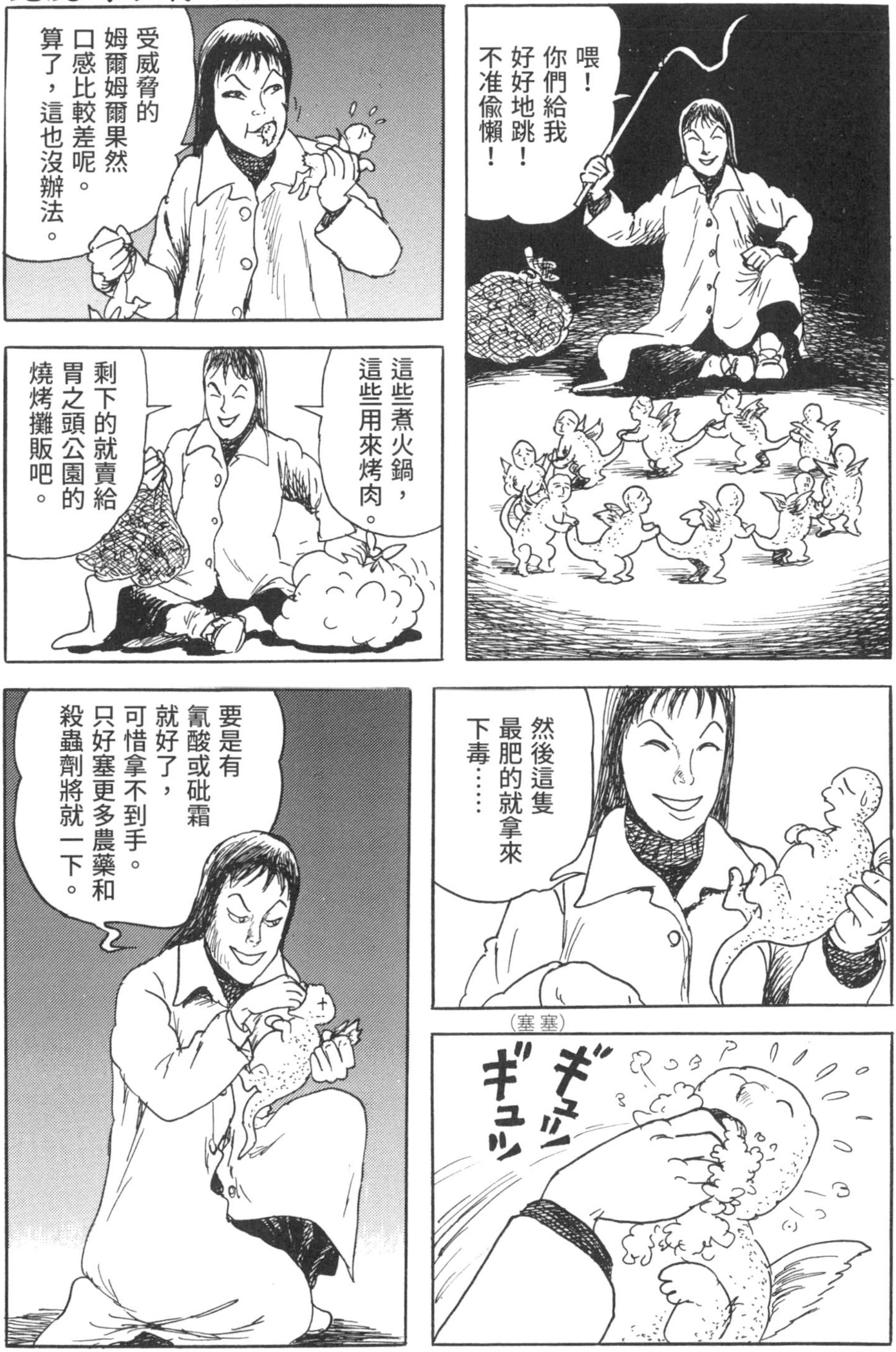
喂！你們給我好好地跳！不准偷懶！
受威脅的姆爾姆爾果然口感比較差呢。算了，這也沒辦法。
這些煮火鍋，這些用來烤肉。
剩下的就賣給胃之頭公園的燒烤攤販吧。
然後這隻最肥的就拿來下毒……
（塞塞）
ギュッ
ギュッ
要是有氰酸或砒霜就好了，可惜拿不到手。只好塞更多農藥和殺蟲劑將就一下。

（嘰嘰）
キュッ キュッ
有毒
對了，
要是讓
其他人誤食
就糟啦……
我眞是
人道主義啊！
下一步就是找
許多人來混淆視聽，
呵呵呵！
我辦了自助餐派對，
順便慶祝忘年會。
不來就殺了你。
歡迎
自備酒水
鬼虎
紙魚子，
我收到這封
邀請函。
啊，
我也收到了。
怎麼辦？
就算問我也……
無視的話
好像很恐怖……

會場在這裡嗎？
好像是。
啊，鬼虎小姐來了。
呵呵呵呵，大家久等了。歡迎參加我的露天派對。

參加費一個人三千圓就好。
咦？居然還要收費！
我們可以算一人份吧？
不行。你們七個人的嘴巴和胃是分開的吧？所以是七人份。
那全部算我們七千圓啦。
爲什麼七兄弟也在啊？
看來鬼虎小姐也在這裡交到不少朋友。
還有一個朋友沒來呢。
咦？這是什麼沒見過的動物？

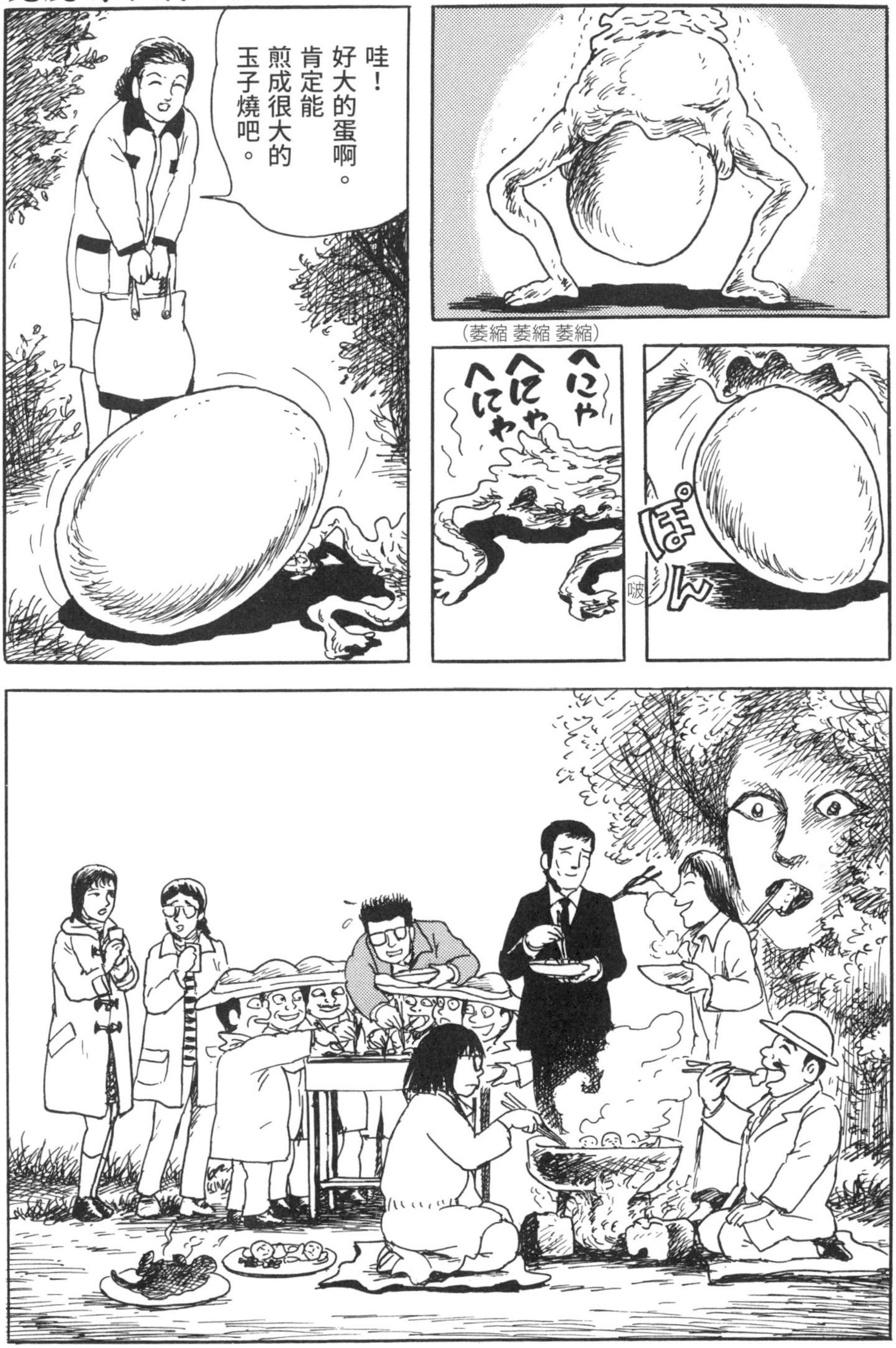
哇！
好大的蛋啊。
肯定能
煎成很大的
玉子燒吧。
(萎縮 萎縮 萎縮)
へにゃ
へにゃ
へにゃ
啵
ぽん

妳們也別客氣，盡量吃啊。
好的。
說是盡量吃……也只有姆爾姆爾火鍋、烤姆爾姆爾和活吃姆爾姆爾啊……
但是都收三千圓了，要吃回本才行啊。
哪能回本？姆爾姆爾根本不用成本啊。
雖然也是有人吃回本了……
不拿來佃煮，這種吃法也很美味呢。
ぱくぱく
（嚼嚼）
喔！鴻鳥同學到了。妳來太晚了吧？
抱歉遲到了。因爲我在路上發現這顆蛋，看起來很美味……
哇！好大的蛋啊！
ごろごろ
（滾動 滾動）
是鴻鳥友子，她們什麼時候變成朋友了？
這就叫物以類聚吧？

來煎荷包蛋吧！份量很夠呢！
可是沒有這麼大的平底鍋啊。
哎呀！那顆蛋是……
太太！這是我精心特製的姆爾姆爾料理。
耶！人家也想吃！
不行！這是我做給妳媽媽吃的！
糟糕！我一個起勁，不小心吃太多姆爾姆爾了。肚子不太舒服……
我稍微回家一趟。對了！不能把那顆蛋做成料理喔！
要平底鍋這裡有喔——！
真的嗎？怎麼有那種東西啊？
這是卡茲伯母幫堂兄弟煮飯用的鍋子。鬼虎小姐要我們帶廚具來，我們就帶來了。
太好了——趕快倒油吧。
來得正好！桌上都是姆爾姆爾，我都吃到打嗝了。

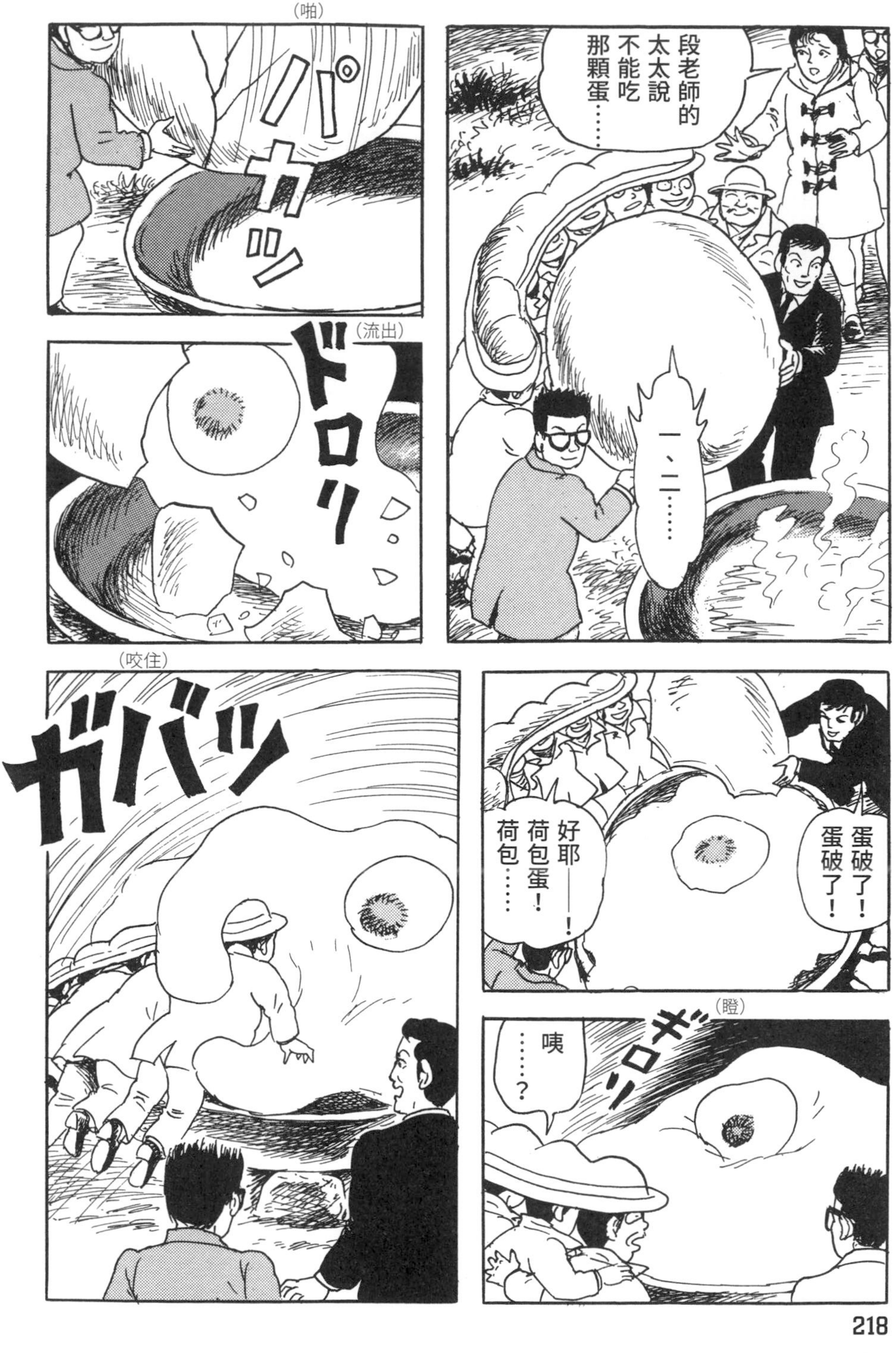
段老師的太太說不能吃那顆蛋……
一、二……
（啪）
パカッ
（流出）
ドロリ
蛋破了！蛋破了！
好耶——！荷包蛋！
荷包……
（瞪）
ギロリ
咦……？
（咬住）
ガバッ

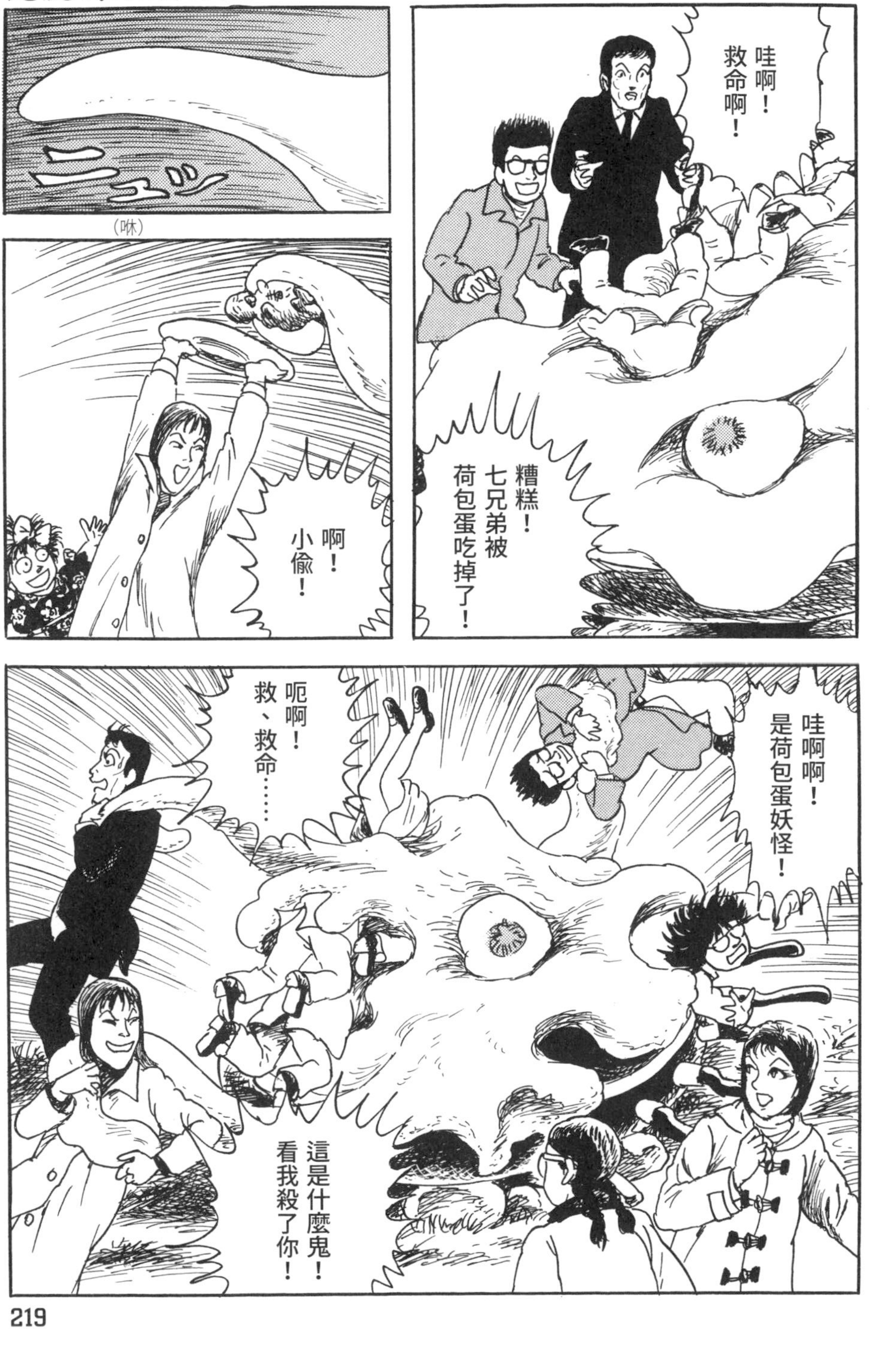
哇啊！救命啊！
糟糕！七兄弟被荷包蛋吃掉了！
ニュッ
（咻）
啊！小偷！
哇啊啊！是荷包蛋妖怪！
呃啊！救、救命……
這是什麼鬼！看我殺了你！

是、是妖怪蛋！
啊……！
バタッ
(啪)
不好意思，我去了下廁所……
啊！不好了！妖怪蛋把大家吃掉了……
哎呀，和我想的一樣……我就是太擔心才急忙趕回來。克西里西在卵的階段是最殘暴的……
克西里西？
德國人嗎？
啊——！大家都被吃掉了。
幼蟲到成蟲階段頂多只會吃些剩菜或姆爾姆爾而已……

哎呀！怎麼辦？好像太遲了。
咦？怎、怎麼會……
噁、嘔……
（噗咻）
（唰）
哇啊……
得……得救了……

啊！大家還活著。
太好了。但是怎麼辦到的呢？克西里西看起來就像喝下殺蟲劑似的。
可能是毒姆爾姆爾體內的殺蟲劑吧？畢竟我摻了很多呢……
哇！鬼虎小姐眞是周到，連殺蟲劑都準備了……
這是當然嘍。呵呵呵呵呵呵。
事情果然不單純……但看來餐會已經結束了，我們回家吧。
我就知道會是場糟糕的派對。
你們也快來幫忙收拾剩下的姆爾姆爾！
我的三千圓——！

是乃夫人

紙魚子，妳還記得之前我們幫忙帶約翰散步的事嗎？
當然記得，就算想忘也忘不了。在陌生的地方跑來跑去，眞是累死我了。
我偶爾還會見到約翰的主人，她好像換了散步的路線。
是喔……妳該不會又幫她遛寵物了吧？
怎麼可能……我已經受夠了。
總之啊，雖然還是看不見她牽著什麼散步，但很奇妙喔。
前陣子我看到她手上拿著散步繩，在黃昏的天空中漫步呢。
她能在天上飛嗎？
我也不知道。反正這個町住了很多怪人，就算能飛也不奇怪吧……

和百貨
到了，就是這裡。新開幕的進口百貨……
有沒有什麼好玩的東西呢？
通臂公娃娃
手能伸長
這個好可愛！
哇！不好意思。
哎呀。
啊，約翰的……
是之前帶約翰散步的小妹妹啊……當時太謝謝妳了。
不、不用客氣……

對了……您今天沒帶約翰出來嗎……？
約翰正在冬眠喔。冬天我主要都帶貝蒂出來散步。
原來是這樣啊。
那麼……貝蒂呢……？
我請其他人幫我照顧了，是在美容院認識的朋友。
多虧了她，我才能來逛開幕特賣呢。
太好了。我還擔心要是她又拜託我們照顧寵物的話該怎麼辦呢。
妳還是注意一點。畢竟妳常常不小心就惹上麻煩……
放心啦。不然我們離開這間店吧。
啊……克蘇魯妹妹的媽媽……
ぱったり
哎呀，是栞和紙魚子啊。妳們來得正好。
（巧遇）

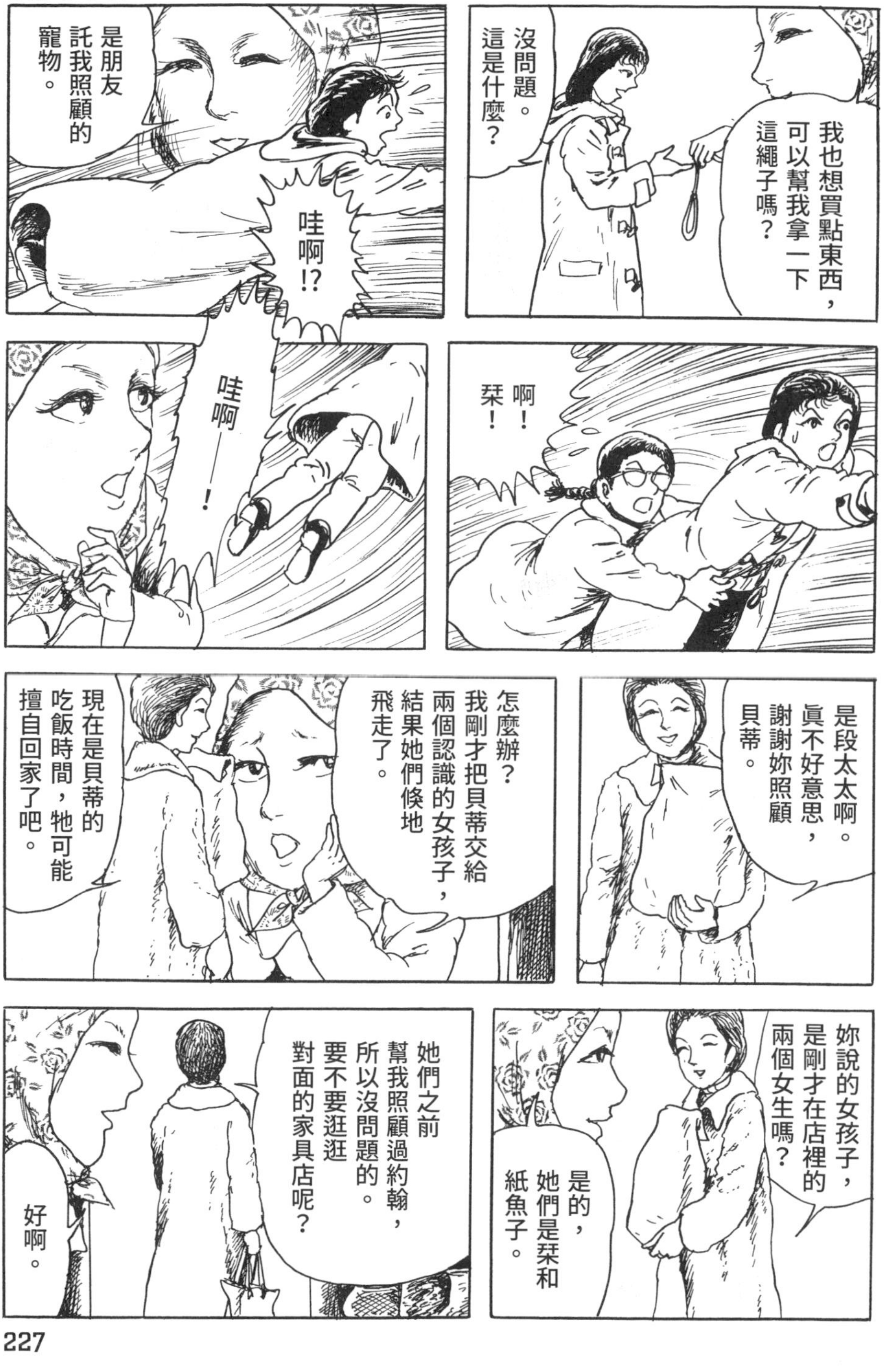
我也想買點東西，可以幫我拿一下這繩子嗎？
沒問題。這是什麼？
是朋友託我照顧的寵物。
哇啊!?
啊！栞！
哇啊——！
是段太太啊。眞不好意思，謝謝妳照顧貝蒂。
怎麼辦？我剛才把貝蒂交給兩個認識的女孩子，結果她們倏地飛走了。
現在是貝蒂的吃飯時間，牠可能擅自回家了吧。
妳說的女孩子，是剛才在店裡的兩個女生嗎？
是的，她們是栞和紙魚子。
她們之前幫我照顧過約翰，所以沒問題的。要不要逛逛對面的家具店呢？
好啊。

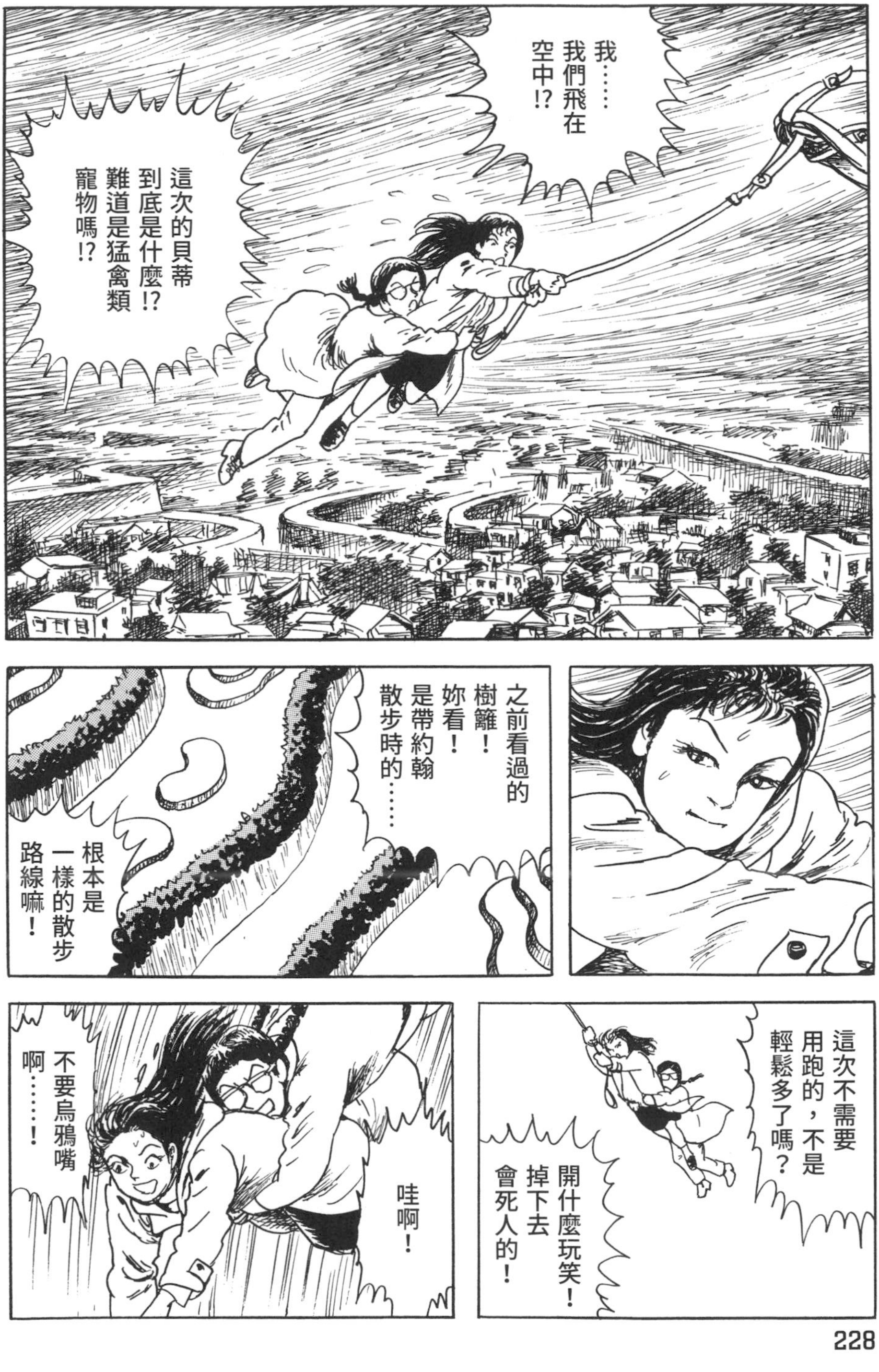

我……我們飛在空中!?
這次的貝蒂到底是什麼!?難道是猛禽類寵物嗎!?
之前看過的樹籬！妳看！是帶約翰散步時的……
根本是一樣的散步路線嘛！
這次不需要用跑的，不是輕鬆多了嗎？
開什麼玩笑！掉下去會死人的！
不要烏鴉嘴啊……！
哇啊！

掉、掉下去了——！
救……救命啊……！
(沙)
痛死我了……
好像得救了……
這裡是哪裡……？

貝蒂回來了。
夫人呢？
夫人不在耶，是其他人帶貝蒂回來的。
所以是客人嘍？
是客人吧。
有客人的話得泡茶才行。
カタカタ
（喀噠喀噠）
來，請進，請進。
……？
我要加熱水嘍。
哇！等等！慢著！
你這笨蛋！是泡茶給客人，不是把客人泡成茶啦！
這樣喔。

ぼてん ぼてん
（蹦跳 蹦跳）
貝蒂肚子餓了呢。
吃飯時間到了吧？
那就是貝蒂嗎？
明明沒有翅膀，爲什麼會飛呢？
妳們問貝蒂怎麼飛的嗎？
只要抖動肚子上的肥肉就能飛上天空啦，這不是常識嗎？
是……是這樣嗎？
ガバッ
（張嘴）

呀啊！
那是約翰喔。牠一到冬天就長毛，整天在睡覺。
ザッ
（唰——）
來，吃飯了。
請好好享用。
也來招待客人吧。
說得也是。客人啊！給我過來喝茶。
什、什麼啊……沒禮貌的傢伙。
他們是什麼？是人類嗎？
還是別深究比較好。

(註)鹿威：日本農家設置在農田的裝置，透過流水發出聲音，藉以驅趕鳥獸。

哇……!?
是太郎和露西。很喜歡喝茶喔。
去、去!到那邊去!
ジャー
(唰——)
如何?好喝嗎?
很、很美味呢。對了……這裡是誰家啊?
妳們糊里糊塗就來了嗎?這裡是是乃夫人的家。
是乃夫人?原來她叫做是乃夫人嗎?
請問……是乃夫人還沒回來嗎?

還沒呢。夫人帶貝蒂去散步了，結果只有貝蒂回來。
她去逛進口百貨店了喔。
那就是夫人在進口百貨店購物，所以晚歸了。
這樣啊。
這個家除了夫人，還有誰在嗎？
有喔。有約翰、貝蒂、太郎、露西、阿布、權兵衛和我們倆。
你們叫什麼名字？
我是鏘太郎。
吾乃噹之助。
他們是不是捉弄我們啊？
我也這麼覺得……

呃——……那邊好像有人在看我們……
是附近的鄰居啦。畢竟難得有客人來。

紙魚子……對方在打招呼耶，怎麼辦……
不然妳揮個手？

居、居然有這麼多。怎麼辦啊……
還是別再揮手了吧。說不定會冒出更多來……
無視他們好嗎？
反正我們離得這麼遠。
那張臉和房子一樣大吧……
……
(唰——)
(咻—— 咻——)
ジャー
ピュー
ピュー
(哐——)
コーーン

不好意思……可以不要再添茶了嗎？
喔？妳們喝夠啦？
之前來的巨臉女人可是喝了一噸左右的茶呢。
哎呀，這櫃子眞不錯。不如我把家裡清出一些空間來擺櫃子吧。
公園附近有間店的紅茶很美味喔。要不要去吃個蛋糕呢？
好啊。今天克蘇魯托給她爸爸照顧了，我也好久沒像這樣逛街……
夫人還沒回來……
要不要在附近繞繞？

找到回家的路了嗎？
怎麼可能找得到。這裡好像也不是上次約翰帶我們來的地方……

碰——
哇……這是什麼？
到、到底怎麼了？
眞、眞是的，不要亂摸啊！一不小心就會闖禍的！
紙魚子！快看！
有公車站牌耶。
往胃之頭町
妳看！上面寫「往胃之頭町」！

這下就能回家啦。剛好公車來了！
不好意思，我們要搭公車回家了。夫人回來後請代我們向她致意。
栞！快來！
ブゥウウ…
（噗嚕嚕嚕……）
往胃之頭町

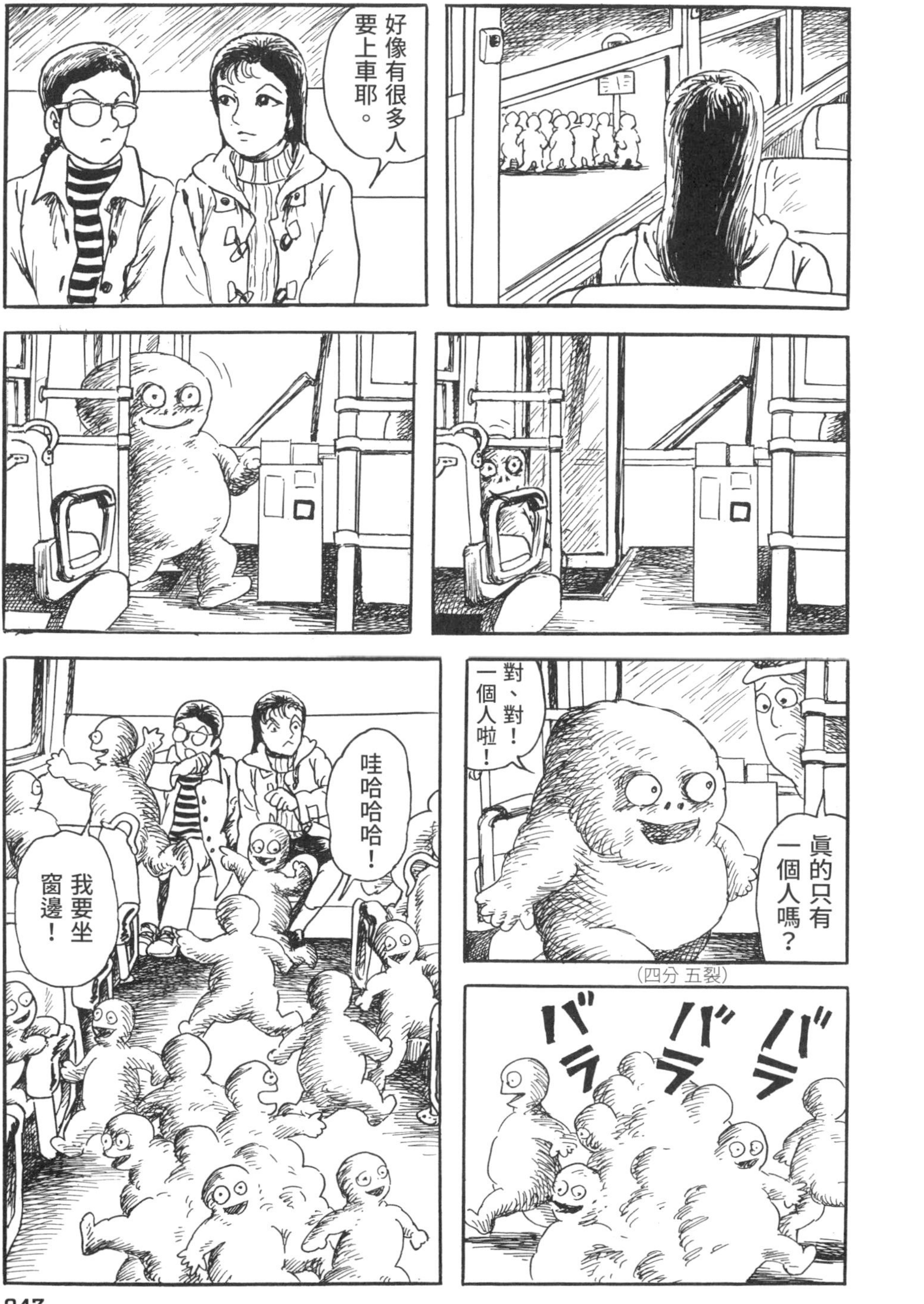
好像有很多人要上車耶。
對、對！一個人啦！
眞的只有一個人嗎？
（四分 五裂）
バラ バラ バラ
哇哈哈哈！
我要坐窗邊！

搞什麼？明明就很多人！
才沒有！只有一個人啦！
又來了……
(四分 五裂)
バラ
バラ
バラ
車子變得好擠……
問題不是擠吧？他們到底是什麼啦!?

我回來了。帶貝蒂回家的兩位女孩子呢？
她們說要搭公車回家。
哎呀？
該不會是那裡的公車站吧？那班公車很繞路呢……
總算沒人了。
話說車子開得也太久了。還沒到胃之頭町嗎？

好像還沒到呢。
要下車用走的嗎？
要是在這種地方下車，我們一輩子都回不了家的。
公車抵達胃之頭町時已將近半夜。
我們總算在熟悉的公車站下了車回家。車錢一個人一百九十圓。

擾人的入侵者

（喀拉喀拉）
ガラガラ
嗯……我記得備用貓糧放在這裡啊……
啊，找到了。
我們家的院子眞荒涼。爸爸眞該好好整理一下……

（咻）
ヒョイ
咦？
貓……？
……好像有點怪……？
是、是什麼啊？
にた…
（笑……）

咦……？
奇、奇怪……
明明跳來
這裡了啊……
可能一跳下來就
躲到樹蔭底下了吧？
而且說是貓，
長得也太詭異了。
波里斯——
吃飯嘍——
(噠噠噠噠)
トトトト
(聞聞)
フンフン
怎、怎麼了？
有什麼東西
嗎？
(呼——)

擾人的入侵者

(東張 西望)

キョロ
キョロ
什、什麼啦？波里斯眞是的……連我都在意起來了。
喔，小章。爺爺寄了包裹給你喔。
咦？眞的嗎？
耶——！是保可夢——！
對了，小章的生日也快到了呢。
爺爺寄了什麼？也讓姊姊看看。

咦？這是保可夢嗎？
對啊。是最受歡迎的嘿卡丘喔！
嗯……可能越奇怪的東西越受歡迎吧？話說長得好像那隻詭異的貓……
嗯……
媽，妳看到爺爺寄來的保可夢娃娃了嗎？長得很奇怪耶。
妳在看什麼？
嗯？沒什麼……最近的模特兒都長得好有個性啊……
是《郵購生活》這季的目錄嗎？我也要看。
這是什麼？

太奇怪了！雖然不清楚是怎麼一回事……但絕對哪裡有問題！
對了！和紙魚子討論看看吧。
紙魚子？今天發生怪事了……
怪事？不是每天都有嗎？
但平常都是些帶寵物散步結果飛上天空、撿到人頭之類一目了然的事情吧？而且也很常見……
哪裡常見了？
不常見嗎？反正這次我實在不懂到底怎麼了……
發生什麼事了？妳說說看。
有隻詭異的圓臉貓跑進我家院子。
牠一下就不見了，但下一秒就變成保可夢寄來我家。
連郵購目錄上的模特兒都不放過。
什麼狀況啊!?
很匪夷所思吧？
讓人匪夷所思的是妳啦。總之明天到學校再好好聽妳說吧。

不會是妳看錯了嗎？只是普通的貓吧？
那目錄上的模特兒又怎麼說？
只是長得很有個性而已。
是……是這樣嗎？
總之我先回家換件衣服，再去妳家看看吧。
噗嗤，這張品味獨特的畫是誰擺的啊？
啊！就是這個！就是這張臉！
這張臉？保可夢和模特兒的臉嗎？
沒錯。不知道什麼時候被換成這種畫了。

我媽……好像不在。小章也出門玩了嗎？
話說回來，原來妳有弟弟啊。
有啊。這是他第一次登場……
呃……《郵購生活》放到哪裡去了？
栞，妳家本來有這個不倒翁嗎？
一直都有啊。怎麼了？
哇！不倒翁也遭殃了！它原本不是這種怪臉的！
因爲是在臂大寺的不倒翁市集買來的嘛！
找到《郵購生活》了。我家也有一本，但上面的模特兒很正常啊。

噗嗤！眞的耶！這什麼啊？太好笑了！
是、是很好笑啦，但妳不覺得詭異嗎？
爲什麼要把奇怪模特兒的雜誌寄來我們家……
妳好像哪裡搞錯了……
再來找找屋裡還有沒有這張怪臉吧！
嗯……好……
啊！招財貓也變了！
還有玩具機器人的臉！
啊！連月曆上的照片都是！
琹！這本畫冊裡面的圖片也是！

果然和我想得一樣。不是有人刻意寄怪臉娃娃和雜誌到妳家，是這個屋子裡有臉的東西都變成怪臉了啦。
爲、爲什麼……？是昨天的怪臉貓害的嗎？
我想是吧。只是還不清楚爲什麼。
該、該不會……糟了！快上二樓！
(噠噠)
ドタドタ
啊——！果然！我的托哉也遭殃了！
小熊娃娃和漫畫也……看來全家都變成這副德性了。
睡意

ニャー
（喵——）
是波里斯啊。這麼說來，你昨天開始就不太對勁。該不會……
ニャ？
（喵？）
連……連波里斯都……
但這和波里斯變成人類時的臉滿像的，好像不覺得哪裡怪？
不要說出來啦……
ガチャ ガタガタ
（喀洽噠噠）
媽！我要吃點心！
洗完手才能吃！
是媽媽和小章。他們是去買東西啦？

妳看，電視也變了……
哎呀，紙魚子來了啊。要不要一起喝茶？

媽、媽媽……!?
怎麼了？爲什麼表情這麼奇怪……
沒、沒事……我有點不舒服，先上二樓了……
他們……是什麼時候變成那樣的？
就連媽媽和弟妹都……他們該不會頂著那張臉去買東西吧？
難道三個人都沒注意到嗎？
紙魚子，我該怎麼辦？
問我怎麼辦……反正好像不會害人，乾脆放著不管吧？
妳說那是什麼話！重點是那張臉……

哇！該、該不會!?
幸好沒事……還以爲連我都……
沒事就好。
哇啊！
バシッ
(啪)
啊！變回來了。
好痛——！妳幹麼啦！
剛才妳也變成怪臉了啦！我、我沒騙妳！
眞的嗎!?

嘻嘻嘻嘻！
這個奇怪的聲音是……
哇！海報是怎麼了!?
嘿！
(碰)

啊！托哉的臉變回來了！
妳看到了嗎？剛才有東西跳出來了吧？
好、好像是。
昨天妳看到的怪臉貓可能還在這棟屋子裡。
牠肯定躲起來了。
牠到底想做什麼？
バチーン
(啪——)
哇！

(啪)
バシッ
抱歉，是那傢伙在妳臉上啦！
嘻嘻嘻！
痛死了——！
眞的？不是趁機報仇嗎？
眞的啦！別管這個了，我在想，爲什麼屋子裡會變出這麼多怪臉……
可能是牠的本尊就躲在某張臉裡喔。
(碰)
バン
看來不是這裡。

這裡嗎!?
（碰）
是它嗎？
（磅）
（碰）
妳們在做什麼？吵吵鬧鬧的。
（啪）
（啪！）
……!!
哇！糟糕！對不起！
（磅　磅）

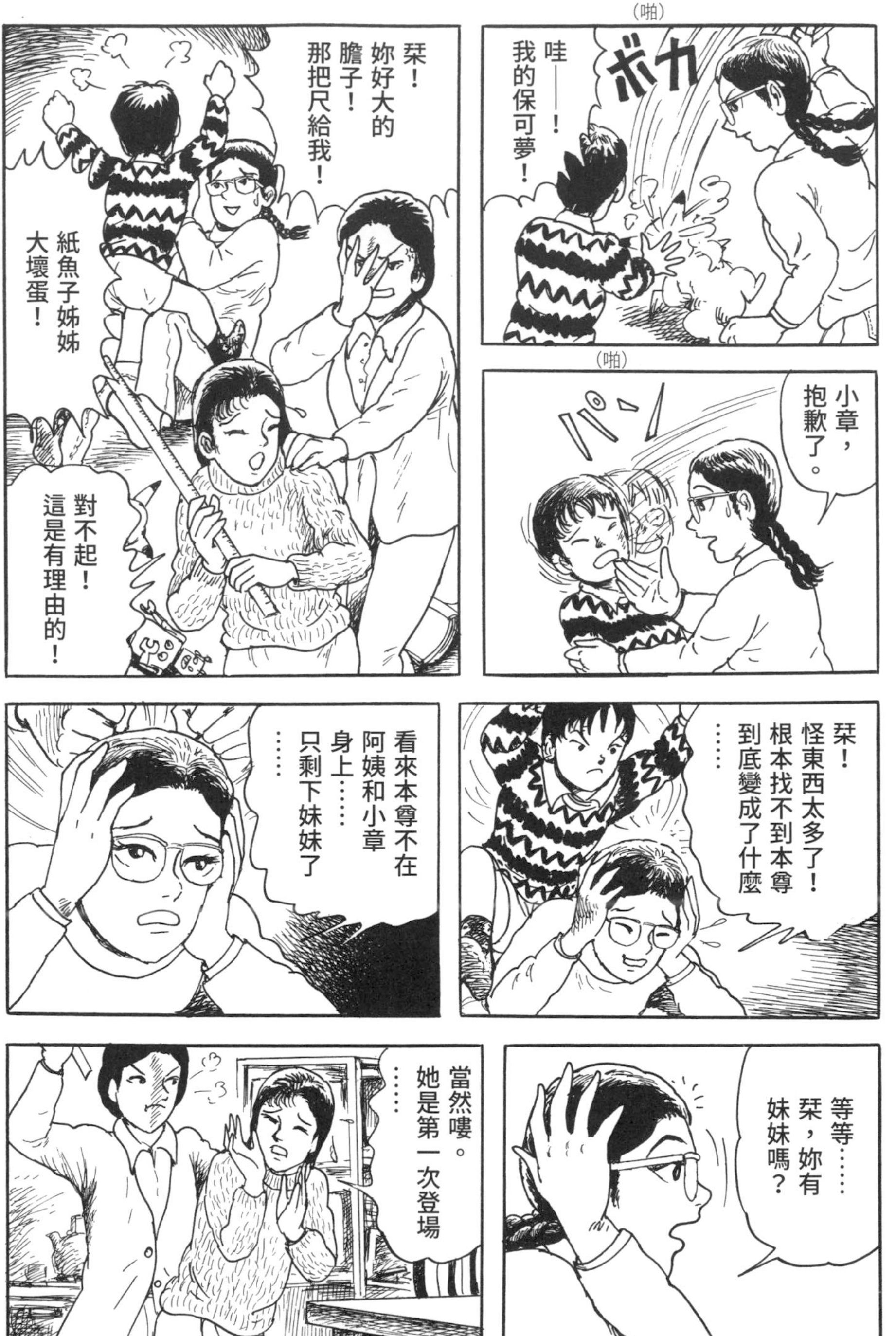
(啪)
ボカ
哇——！我的保可夢！
(啪)
パーン
小章，抱歉了。
栞！妳好大的膽子！那把尺給我！
紙魚子姊姊大壞蛋！
對不起！這是有理由的！
栞！怪東西太多了！根本找不到本尊到底變成了什麼……
看來本尊不在阿姨和小章身上……只剩下妹妹了……
等等……栞，妳有妹妹嗎？
當然嘍。她是第一次登場……

啊！
我根本沒有妹妹啊！她是誰!?
就是它！
（噠噠噠）
バタン
（碰）
妳別跑！
バン！
（碰！）
ぱっ
（啪）

呀！
嘻嘻！
這什麼鬼！
嘻嘻嘻！
嘻嘻嘻！
哇！快想想辦法！
(啪)
ぱっ
パッ
パッ
パッ
パッ
(啪擦 啪擦 啪擦 啪擦啪擦)

擾人的入侵者

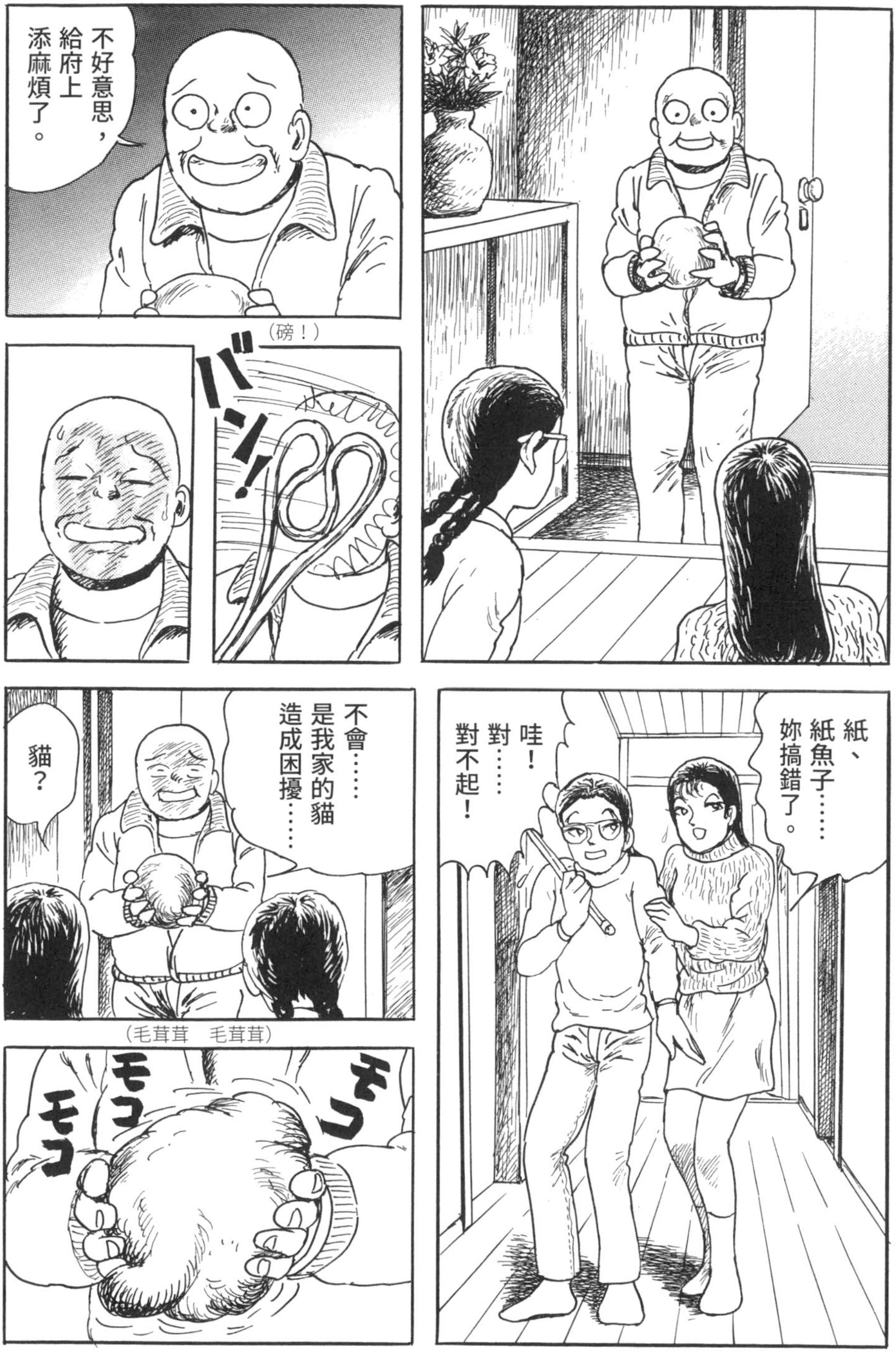
不好意思，給府上添麻煩了。
(磅！)
バン！
紙、紙魚子……妳搞錯了。
哇！對……對不起！
不會……是我家的貓造成困擾……
貓？
(毛茸茸　毛茸茸)
モコ
モコ
モコ

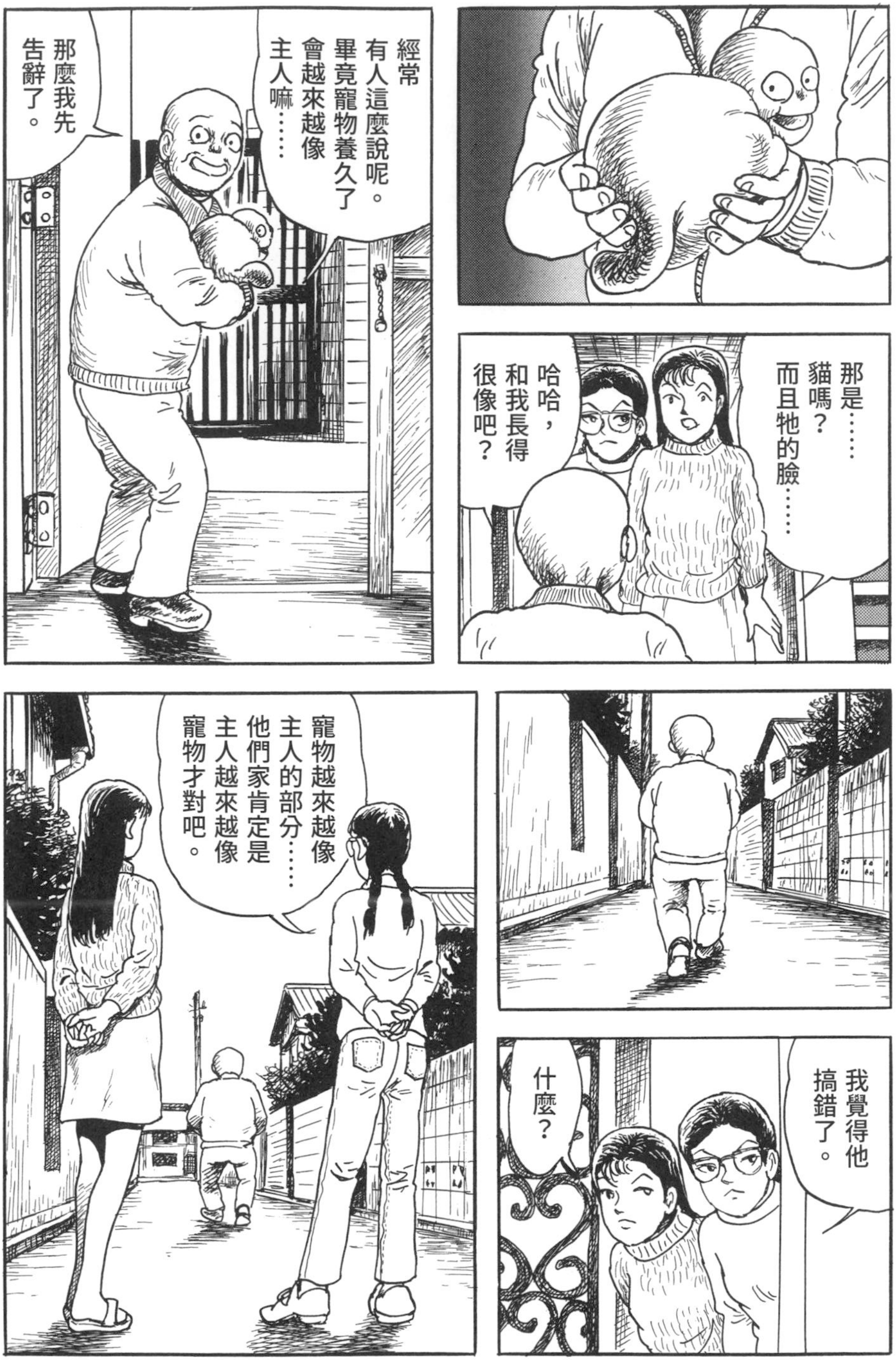
那是……貓嗎？而且牠的臉……
哈哈，和我長得很像吧？
經常有人這麼說呢。畢竟寵物養久了會越來越像主人嘛……
那麼我先告辭了。
我覺得他搞錯了。
什麼？
寵物越來越像主人的部分……他們家肯定是主人越來越像寵物才對吧。

頸山城妖姬錄

首山有座名為「傑笑園」的庭園，是東京都指定名勝。
我約了栞一起參觀庭園……對了，這次是由我──紙魚子擔任旁白。
雖然是我自己對庭園有興趣才邀了栞，但是她好像也滿喜歡這裡……
哇，風景還不錯嘛。只是傑笑園這名字好怪啊。

是漂亮到讓人笑出來的意思嗎？
聽說原本是寫做「血笑園」。
到明治時期因爲覺得不吉利才改過字……手冊上是這樣寫的。
「東京都指定名勝傑笑園。最早於鎌倉時代所建，歷經數次荒廢、重建、改裝……」
「庭園所有人兼創立者爲顎氏，此後數度易主，直至昭和時期捐贈予東京都政府，始開放一般民衆參觀。庭園最初爲淨土式庭園，後改建爲書院造的迴遊式庭園，因此可於園內發現不少特殊之處……」
特殊之處是指什麼啊？
走一圈就能明白嘍。
我之前在書上讀到這座庭園，就很想實際來看看。

那座有瀑布的大石頭是守護石，位在庭園中心守護整座庭園，也稱為不動石。
ザー ザー
（唰——唰——）
至於對面平坦的巨石，好像叫做禮拜石。
原來如此……石頭也有各種名稱呢。
不是所有石頭都有名稱。重要的石頭才有……

這邊的池塘象徵大海，因此碎石灘也稱爲沙洲，而立起來並排的石頭則代表波浪沖蝕的岩塊。
咦？這是五輪塔嗎？
一般只會設置石燈籠，看來是淨土式庭園留下的影響吧？
話說回來，什麼是淨土式庭園？
將庭園比擬爲極樂淨土，是平安時代常見的庭園形式。
通常會在庭園中央設置阿彌陀堂。
紙魚子！那邊有個好玩的東西！

怎麼只有這池子的水又紅又濁？
上面寫「首洗池」。
我看看……「平將門受征討時頭顱遭曝曬於京都，其後頭顱飛往關東時會一度落於此地……」
「此為當地豪族顎兼賴背叛將門與藤原秀鄉私通之故。」
「據聞頭顱怒目瞪視、咬牙切齒……」
「兼賴之女長姬卻面帶笑意拾起頭顱，拋回空中，頭顱便再度飛離而去，落於神田一帶。」
「此池塘即為當時清洗將門頭顱之地……」
原來有這樣的傳說啊。是在大手町有首塚、據說現在還會作祟的那個將門嗎？
首山這地名好像也是因此而來的。
對了，在那邊的是地藏菩薩嗎？
沒錯。還維持著沒有頭的狀態。

也是淨土式庭園的影響嗎？
不知道呢……？不管是不是，品味都滿差的……
那裡有座茶亭，坐著休息一下吧。
這裡是茶室嗎？
這裡叫賞桔庵。
這裡也一樣，聽說本來的名字是「賞血庵」，是建來安置阿彌陀堂的地方。
眞是的，名字都好噁心啊！
這座庭園和剛才提到的長姬有很深的淵源。
將飛來的頭顱拋回天空的長姬嗎？

妳對長姬這名字沒印象了嗎？之前在長頸寺讓我們吃了不少苦頭啊。
這麼一說，我想起來了，是將岳念和尚要得團團轉的公主殿下？
（喀噠……）
兩位小姐，如果不嫌棄的話，要不要來喝杯茶呢？
咦？是問我們嗎？
沒錯。不介意的話請進。我來爲兩位沏茶……
怎、怎麼辦……？
難得有機會在正式的茶室喝茶，就接受招待吧？
但我完全不懂茶道禮儀啊。
放心啦，我也不太懂……

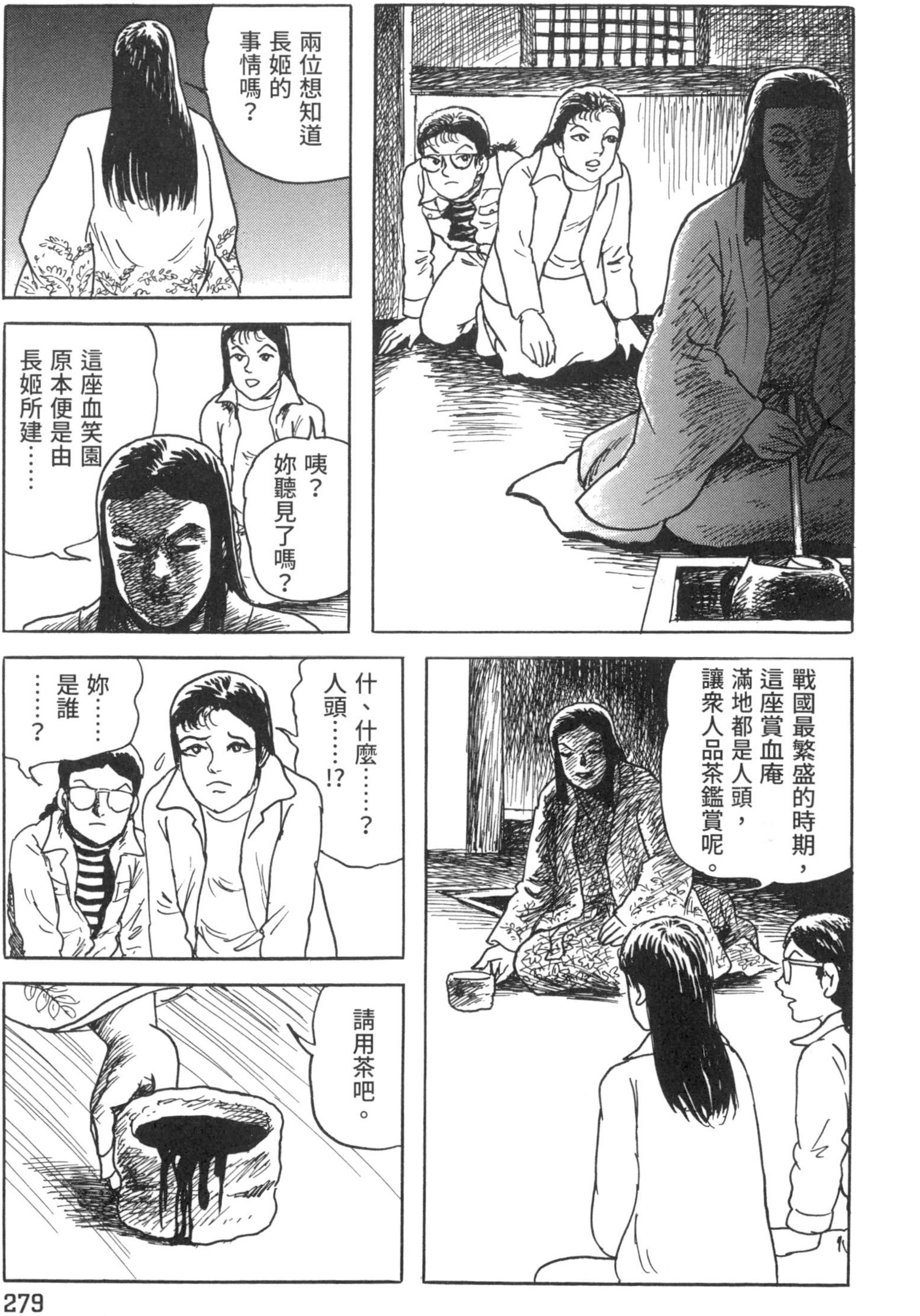
兩位想知道長姬的事情嗎？
咦？妳聽見了嗎？
這座血笑園原本便是由長姬所建……
戰國最繁盛的時期，這座賞血庵滿地都是人頭，讓眾人品茶鑑賞呢。
什、什麼……？人頭……!?
妳……是誰……？
請用茶吧。

妳究竟是誰!?
好鮮紅啊？是血嗎!?
呵呵呵呵，妳們在長頸寺毀了妾身和岳念的遊戲……
果然是長姬!!
妾身並未懷恨在心，只是沒想到兩位竟光臨血笑園，妾身當然要沏茶招待呀。
誰要喝這種東西！
ホホホホホホ
(呵呵呵呵呵)
パリーン
(匡噹)
這就用來代替點心吧，請兩位笑納。

哇啊!!
バタバタ
(噠噠 噠噠)
ゴボゴボゴボ
(咕嘟 咕嘟 咕嘟)
ゴボッ
(咕嘟)
呀啊！討厭！

栞！
不能過去！
哇……
ガッ
（抓住）

紙魚子！是骷髏！有骷髏啊！
不要慌！是她的妖術！
日本都要進入二十一世紀了，爲什麼還有人非用妖術不可啊!?
那就想成幻覺！快離開這裡吧！
(跳跳)
ヒョイ
ヒョイ
哇！
啊！栞呢!?

好險——！
要是中同一招的話
就慘了——！
啊！
有門……！
(啪)
(咚)
栞！
妳跑到
哪裡去了？
痛死了。
紙魚子，
妳沒事吧？

(叩嘍 叩嘍 叩嘍)
ごろ ごろ ごろ ごろ
怎麼辦？我根本不知道出口在哪!?
紙魚子，來念那個吧！阿毘羅吽欠……
有用嗎？「般若心經」還說得過去……
我又不會「般若心經」！什麼都行啦！快，我要念嘍！阿毘羅吽欠……
娑婆訶！
(咚)
ドタッ
啊！
出口在那裡！
快！

(噗噗——)
是外面！好像逃出來了……
我知道這座庭園和長姬有關聯，但沒想到她會當場現形……
那個長姬到底是怎樣……為什麼古時候的公主殿下要跑來現代嚇人呢？
我也不明白。我回家調查看看。
(嘻嘻……)
(喀噠喀噠……)
カタタ…

當天我翻出家裡所有相關藏書徹底調查。
嗯——到底是怎麼回事……？
「頸氏家族以頸山城和阿木戶城爲根據地，自古以來即爲割據武藏野一帶的豪族。」
「攻佔鎌倉之時，頸氏追隨新田義貞立下戰功……」
「與上杉、北条和太田道灌等派系反覆交戰、結盟及謀反，艱困地立足於戰國亂世……」
這些都無關緊要，重點是長姬。
我在調查後，發現不少與長姬相關的傳說。像是這個……
「上杉氏聯合武藏名門大石氏攻打北条氏康時，頸氏也加入戰局。」
「大石家嫡長子迎娶頸氏之女長姬為正室，然而……」
「該名嫡長子卻發狂手刃父親並切腹自盡，頸氏家族立即倒戈北条勢力，上杉只好收兵撤退……」
還有這個：
「武田信玄出兵關東之時，頸長房困守於頸山城……」

「此時城內發生多起
發瘋和離奇死亡的怪事。
到最後，明明城內存糧和
儲水尚稱充足，長房等人
卻逃跑似地殺出頸山城，
退守至阿木戶城。」
「武田勝賴攻入城內時，
看見遍地相殺、自殘的屍體間，
僅有長姬獨坐大笑。
讓人費解的是，
勝賴竟放棄辛苦攻下的城池，
率兵回到領地……」
新田義興攻堅武藏時也有怪事。
他為頸山城解圍，
據說在收兵後不久將名為
長姬的女子納為側室。
而義興在
矢口渡自殺的時候，
那名女子也在場……
甚至在顎氏家族
滅門後的江戶時代
也有類似傳說。
有個叫
頤刑部的人
在過去頸山城
坐落之處蓋了別邸，
聽說他也在娶了名為
「阿長」的女子為妾後，
沒來由地殺害妻子和侍女，
最後發狂而死……

大石家和信玄的事情發生在十六世紀，而新田義興是死於十四世紀吧？
將門則是十世紀的人物。不可能是同一個人啊……
可是所有女子都叫做長姬，發生的事情也很相似……到底是怎麼回事……？
隔天早上，因為我實在太在意了，就在上學前繞到栞的家。
早安，栞在家嗎？
栞的媽媽一臉疲憊，看起來像生病了。
抱歉，栞今天一大早就出門了。
阿姨……您還好嗎？臉色看起來……
不知道爲什麼，昨晚做了奇怪的夢，之後一直睡不著。
栞的爸爸也是呢，一直嚷著骷髏之類的。啊，眞不好意思。我好像還有點發燒……
那時我心中便冒出不祥的預感……

抵達學校，
我就明白
預感成真了……
這個氣氛是
怎麼了……
和平常的學校
完全不同……
（慌忙 逃竄）
バタ
バタバタ
妳們……
怎麼了？
發生什麼事了嗎!?
不知道！
今天我要
請假啦！

紙魚子——……
啊！町子！栞呢？到底怎麼了!?
不知道……栞好像不太對勁……
栞進到教室後，班上就變得好奇怪。連老師也……其他人不是逃跑就是躲起來了……

洞野……早苗……慢著，究竟怎麼了啊……!?
紙魚子……妳來得好晚啊。

妳……是長姬吧！
把栞的身體還來！
呵呵呵呵！妾身正是長姬。看來可以久違地好好玩一場了。
妳是否誤會了？妾身確實帶走了那個小姑娘，但妾身只是借她的相貌一用……
這副軀體可是妾身的啊。
那栞到底在哪裡!?
借用相貌也講求是否相合，看來她很適合我呢。
她在頸山城喔。這回和長頸寺可不相同，進了妾身的城，別妄想能輕鬆回去。
妳想對栞做什麼？
妾身想想……慢慢抽出她的魂魄、收爲侍女如何……？

妳不如也一起來吧？眞要說的話，妾身比較傾心於妳呢。
別開玩笑了！
(啪)
パシッ
好戲現在才要開始呢。
糟糕了，這次的對手很難應付……
對了！和段老師商量看看吧。

這裡……是哪裡啊？
洞窟？
對面透出微光耶。

這、這……
這是什麼……
別、別鬧了……？
姑娘，請留步。

咦？你……是誰……!?
請往這裡走。那裡是地獄一丁目。
地、地獄？我、我想找出口……
若姑娘朝那個方向而去，只會墜入地獄。且是由駭人妖女統治之地獄。
妖女!?對了，我是被長姬……
就是那女人。敢問姑娘是在何處遭逢妖女？
在……叫做傑笑園的庭園裡……
還有，可以不要叫我「姑娘」嗎？我的名字是栞……
請恕在下無禮，在下小名脛塚宗十郎。
請多指教……

這裡是日光江戶村(註)嗎？還是在拍電影啊？
此地是頸山城地下密道。電影又是何物？
看來不是在開玩笑。宗十郎，這裡除了你還有其他人嗎？

(註) 日光江戶村：位於栃木縣日光市、以江戶時代文化爲主題的遊樂園區。

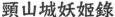

尚有家父、足田大人、膝頭大人……以及各方名士。稍後將爲您引見。
好、好的……
這裡……是剛才的地方？
你剛才說這是地下密道吧？所以可以通到外面嘍？
且慢！那裡不能通行……！
咦？這是什麼……？
（唰）
呀啊!?

什、什麼？這些人是……
是遭妖女長姬誘拐而來，施法後集於此地的女子。
魂魄幾乎遭妖女抽取而盡，已經回天乏術。
她們也是大意才招致如此下場。
騙、騙人的吧……
出口在哪裡？你爲什麼來到這裡？
在下爲了助公主殿下自密道逃出，跟隨家父隨侍殿下左右。妖女長姬卻堵住通道……
此處必定有對外之道路……在下等人始終在尋找，然而……
(呵呵呵呵呵)
ほほほほほ
宗十郎，看來你們還不清楚這座地底城寨的機關呢。

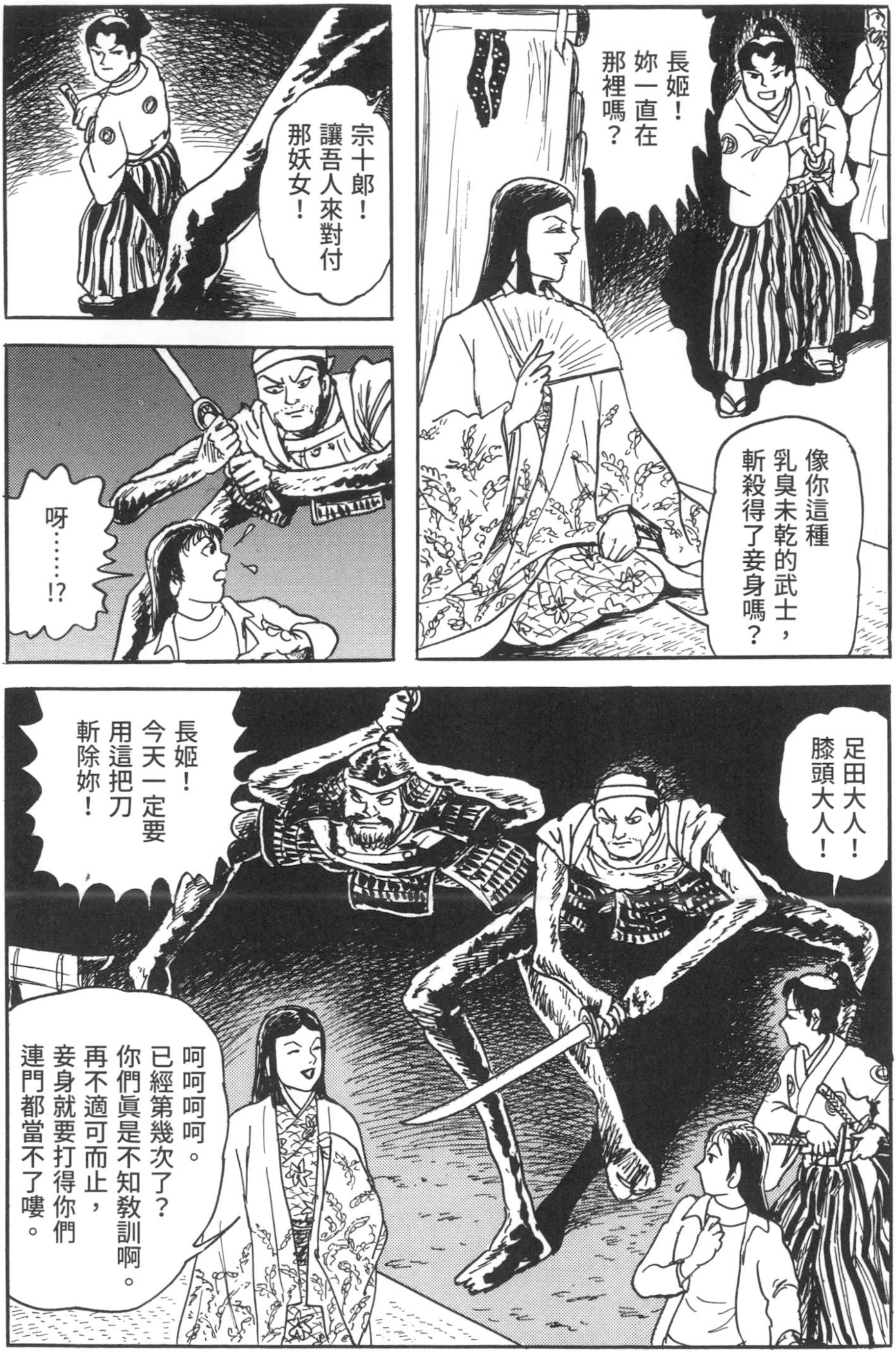
長姬！妳一直在那裡嗎？
宗十郎！讓吾人來對付那妖女！
像你這種乳臭未乾的武士，斬殺得了妾身嗎？
呀……!?
足田大人！膝頭大人！
長姬！今天一定要用這把刀斬除妳！
呵呵呵呵。已經第幾次了？你們眞是不知教訓啊。再不適可而止，妾身就要打得你們連門都當不了嘍。

少說廢話！足田大人！切莫輕敵！
是！
怎、怎麼回事？我只知道這絕不是日光江戶村的設施……
桀大人，趁現在往此處……
(咚)
ドカッ
可、可惡……
唔——

啊……好像被打敗了。
看來還是不敵妖女嗎？那妖女明明不會前來此地……
哇！是死路!?
宗十郎拜見公主殿下。
公主殿下？
什、什麼……？
在下等人侍奉之主——影姬殿下。
是宗十郎？長姬那傢伙來了嗎？
是……足田大人與膝頭大人雖前往迎戰，可相當遺憾……

我想也是……就算你們十三個一起進攻，也不是她的對手。
若能引她踏進妾身力量所及的此地，或許可以將她一起拉進石頭之中……
妖女滿腹陰謀詭計在下始終無法成功……抱歉讓殿下失望了。
啊！剛才像石頭的武士……我就想在哪裡見過。是頸山神社的妖怪鳥居……!?
這位公主就是神社石神的……
沒錯……妖女長姬以妖術將影姬殿下關入石頭之中。
要不要久違地去見影姬那女人一面呢……？
算了，下次吧。今天外面的世界比較有趣。
她好像離開了。

眞是顏面盡失。
下次一定……
石頭對面不就是頸山神社嗎？爲什麼不能從這裡出去呢？只要移動石頭……
公主殿下無法自石頭脫身。
在下等人在尋覓的，即是讓公主殿下離開石頭的道路，與您們走出外面的通道不同……
找出道路後石頭也將碎裂。在那之前，切莫讓妖女吸去魂魄。
怎、怎麼會……既然都進來了，一定也出得去吧？
要是能聯絡上紙魚子就好了……
栞大人說的紙魚子大人位於何方？
胃之頭三丁目的……
可是……她在洞窟外面……
不如讓在下前往紙魚子大人之所在吧？

咦？但你不是出不去……
太陽西下後，在下十三人即有辦法出去。
只是相貌會有些奇特……
ニューッ
(咻——)
公主殿下，失敬了。

段一知家……
嗯……原來如此，難道不是巧合嗎？剛好這些女子都叫做長姬。
就算是巧合，也不會都剛好發生相似的事情吧？
長姬在這些事件後怎麼了呢？比方說，賴勝最後殺了長姬嗎？
這就是奇妙的地方。每則故事最後都沒說長姬做了什麼事，或行蹤如何。
沒有半個字提到她是死了還是逃亡，但數十年後，名爲長姬的女子卻再度現身。
我認爲這肯定也和顎氏家族的興亡有關……
最後一則故事的主角叫做頤刑部……這個頤氏家族有什麼來頭？
據說是顎家的譜代家臣(註)。在秀吉攻佔小田原時，名爲頤監物的武將謀反，導致頸山城淪陷，顎氏也因此滅族……
而迷惑監物、唆使他背叛的，也是名爲長姬的女子……

(註) 譜代家臣：數代侍奉同一領主的家臣。

這就是頤氏家族存活到江戶時代的原因嗎？
還有這個……「頸山城因頤監物謀反而淪陷，城主顎長宗在城內放火後切腹……」
「年邁家臣脛塚源吾本想護送影姬自密道逃走，但影姬自知無法逃脫，便與脛塚等十三名武士一同自盡。」
「頸山神社的十三鳥居即是此段傳說之遺跡，至今尚存……」
喔？第一次出現名字不是長姬的女性。
是那位化成妖怪鳥居石頭的公主吧？她叫做影姬嗎？
然後這些長姬都是同一個人，也就是今天出現在學校的長姬？
沒錯，因爲她說自己是頸山城的長姬……
但是啊……那種像妖怪的女人不可能眞的存在啊。
茶泡好嘍。今天只有紙魚子嗎？
是的……栞現在有點……
還眞有臉說，自己明明和像妖怪的太太住在一起。

就算是眞的好了，栞又消失到哪裡去了？頸山城現在只剩下石牆吧？
我認爲關鍵在「傑笑園」。
這就是長姫在頸山城內建造的庭園嗎？池塘有中島……假山……瀑布……流水像這樣延續……水源在哪裡？
在瀑布上方。這裡有湧泉……
水源
流水
假山
守護石
瀑布
池塘
中島
賞桔庵
禮拜石
首洗池
看起來只是普通的日本庭園……咦？
有什麼不尋常的地方嗎？
這張地圖的北方是這邊吧？所以這是東方……哎呀……
怎麼了？
水源在東北鬼門的方位。加上這塊盤踞在西南裏鬼門(註)方位的巨大禮拜石，剛好將池塘圍住了。
庭園整體是從東北往西南方建造。
水源、池塘和禮拜石並列在鬼門軸上。

（註）裏鬼門：鬼門的反方向。

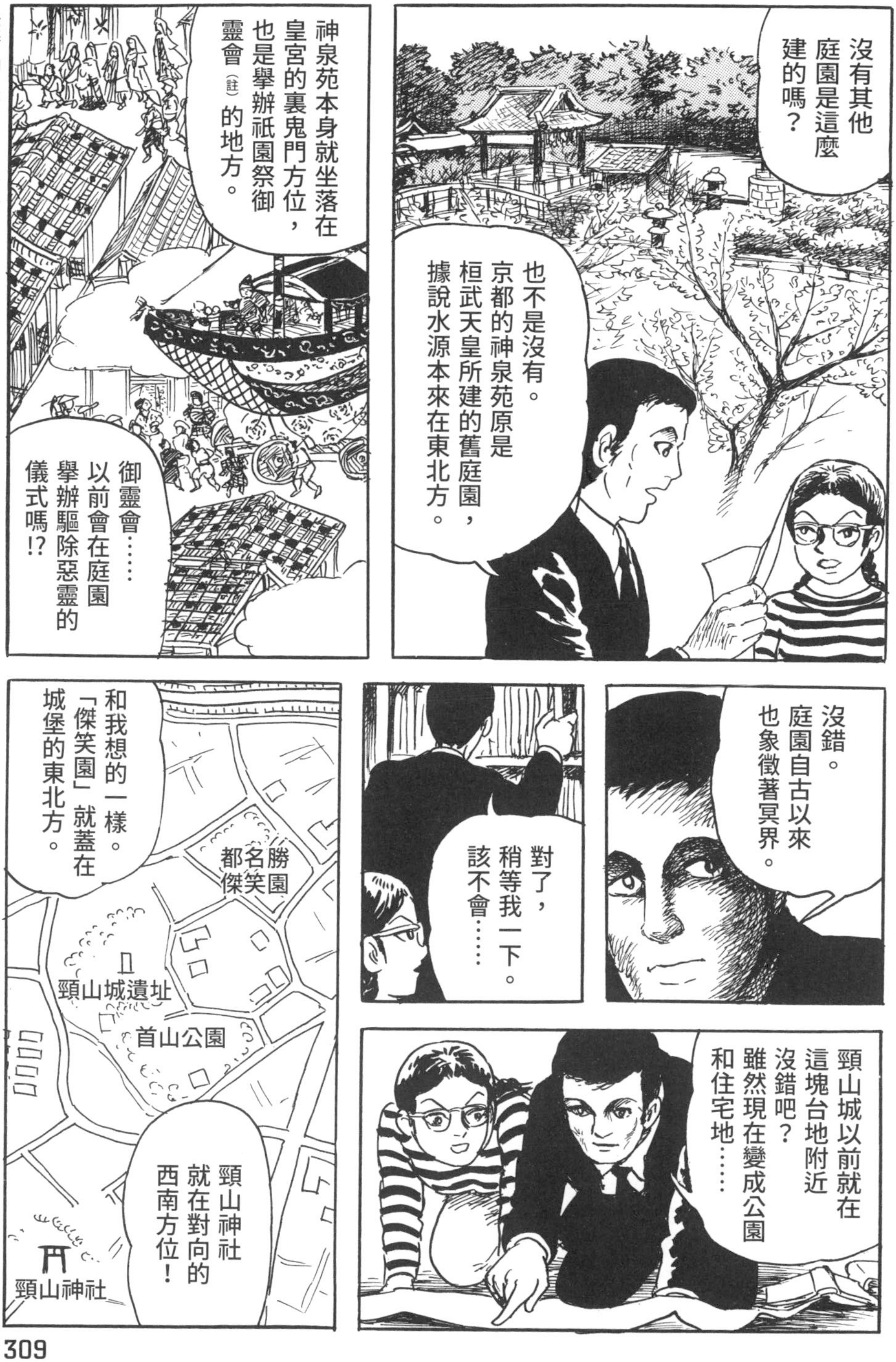
沒有其他庭園是這麼建的嗎？
也不是沒有。京都的神泉苑原是桓武天皇所建的舊庭園，據說水源本來在東北方。
神泉苑本身就坐落在皇宮的裏鬼門方位，也是舉辦祇園祭御靈會（註）的地方。
御靈會……以前會在庭園舉辦驅除惡靈的儀式嗎!?
（註）御靈會：日本傳統宗教活動，防止怨靈作祟的鎮魂法會。
沒錯。庭園自古以來也象徵著冥界。
對了，稍等我一下。該不會……
頸山城以前就在這塊台地附近沒錯吧？雖然現在變成公園和住宅地……
和我想的一樣。「傑笑園」就蓋在城堡的東北方。
都名勝
傑笑園
頸山城遺址
首山公園
頸山神社
頸山神社就在對向的西南方位！

紙魚子，有人找妳喔。他自稱是栞的朋友。
咦？是誰？
是個非常纖細、身材高大的人……
哇！妖怪鳥居!?
紙魚子大人嗎？在下脛塚宗十郎，向您捎來栞大人的口信。
（轟）
向、向我……捎來……？口信？
請您於今夜子時前往守護石與瀑布輔石之間，在下稟報完畢。
咦？等等……到底是怎麼回事？
不妙！妖女來了……紙魚子大人，萬事拜託……
ゴオッ
呀啊!!

呵呵呵！宗十郎這耍小聰明的傢伙。以爲能躲過妾身的法眼嗎……？
哎呀，是紙魚子的朋友嗎？來得正好，請收下佃煮姆爾姆爾……
妳、妳是什麼人！
ビュウッ
(呼咻)
咦……？

那傢伙難道是操弄魔物的陰陽師？看來不能大意啊。
她就是長姬？的確長得很可怕啊。
老師的太太還是略勝一籌啦。
妳剛才說什麼？
沒什麼……對了，守護石指的是「傑笑園」的石頭吧。子時又是什麼意思？
是半夜十二點。
長姬一定在某處有出入的通道。必須趁她不在的時候找出來……
是這邊的岔路嗎……？

……
您是哪位？
只、只是剛好路過而已……請問……廁所在哪裡？
您在找茅房嗎？
話雖如此，奴婢侍奉公主殿下已有一段時日，卻從未去過茅房呢。
呵呵呵，奴婢也是經您提醒才發覺呢。
這、這樣啊……我去其他地方找找。
不如奴婢的便盆借您一用吧，您就在那裡面小解如何？
咦……？
這裡嗎？
ドン
（咚）
啊！

妳、妳在做什麼!?
ガチャ ガチャ
(喀洽 喀洽)
呵呵呵呵，真希望您也快點被抽出魂魄，一起侍奉長姬公主殿下。
從、從這裡翻進去嗎？
沒辦法，晚上沒開門嘛……

我爲什麼在大半夜來這種地方……
拜託了。沒有其他可靠的男生了……
算了，畢竟克蘇魯也經常給栞添麻煩……
這就是禮拜石嗎？好大呀。
那是茶室，那條小路盡頭有座首洗池。
長姬不在這裡嗎？
不知道……希望她不在……

我只知道守護石，瀑布輔石是哪一塊？
一般只會統稱守護石，這裡指的是和守護石相對、圍住瀑布的石頭吧？
咦？是這塊嗎？兩塊石頭之間的話……不就是瀑布裡面嗎？
瀑布深處為通往冥界的入口，這可是民間傳說常見的設定喔。好啦，快進去吧。
呃……等等啦。真的是這裡嗎？
千真萬確。
咦？
哇!?

呀啊！
ザバーン
ザバーン
紙魚子……沒事吧？
嘩拉嘩—拉
這裡……是哪裡？
是洞窟呢。
看來我們在池塘正下方。瀑布也流至這裡，在地底形成池塘……

喔喔……
發現了什麼嗎？
這就是守護石和瀑布輔石吧。竟然也延續到地底下來。原來這兩塊石頭這麼大……
妳看這座地底池塘。大小形狀和庭園的池子很相近吧？
那座岩山等同假山，瀑布位置和腳邊的沙洲也與庭園相同。

除了沒有植物造景之外，都和傑笑園一模一樣吧？
不對，可能先蓋好的是這裡，接著才建造傑笑園，將地下庭園重現在地面上。
在……在地底蓋庭園嗎？爲什麼？
洞窟內部是仿造地面上的庭園而建，兩兩相對。不……
原因嘛……是因爲長姬……
這裡是首洗池的正下方……
簡、簡直就像血池一樣！倒在那邊的是地面上的地藏菩薩頭像？
血池？
原來是血池啊！沒錯，就是這樣！我明白了！

我一直覺得這景色很眼熟，這下終於想起來了。這裡和恐山宇曾利湖的風景如出一轍啊。
以神靈之地聞名的恐山自古以來被比擬爲地獄，妳應該也知道吧？這裡也是如此。
沙洲是賽之河原，流水是三途川，假山則是針山！
甚至還有血池……這裡徹底就是地獄啊！
也就是說，洞窟是地獄的模型，傑笑園則是地面上的投影嗎？
不愧是紙魚子，腦筋轉得眞快。不但如此，就連拯救地獄亡魂的地藏菩薩也被殺害了。

為、為什麼要做出這種東西？
只是我的猜測，可能是連接現世與冥界的裝置？
鬼門是讓惡靈從冥界而來的入口，所以長姬才沿著鬼門軸建了人工地獄吧。
那長姬是從哪裡進出的？
那裡有點可疑。
這是什麼？
屋頂的石板是庭園的禮拜石。嗯……這怎麼看都是古墳的石室。
古墳!?
這是橫穴式古墳石室的搭建方式。我想洞窟就是拓寬石室建成的……
巨石暴露在地面上的部分就當成庭園石使用，那塊守護石可能也是如此。
老師，臉變成其他作品了啦！(註)

（註）：指的是諸星大二郎另一部作品「妖怪獵人」系列的主角稗田禮二郎。

要、要從這裡進去嗎？裡面有什麼？
不知道。我也不想進去啊……
裡面是密道。
宗、宗十郎，你沒事嗎？
栞大人就在密道之中，請您速速前往。
既然是密道，表示可以通往城外？
確實如此。當年影姬殿下逃離城堡時，在下也隨侍在旁。
難道是脛塚源吾殿下的？
在下為脛塚家長子宗十郎，曾為殿下侍童。
眞、眞是如此？
似乎有人穿過了瀑布，是那令人惱怒的偸腥貓嗎？

什麼!?
這裡是？
此處爲城堡中心正下方。
不妙！妖女來矣。動作快！

栞大人也在此地，就在那！快啊！
大恩大德，沒齒難忘！(註)
紙魚子！
栞！妳一直在這裡嗎？鑰匙呢!?
我在這裡！快放我出去！
鑰匙在此。
那、那些人是……？
是妖女數百年召集而來、抽取魂魄的女子。
對了，她也說過要慢慢抽出妳的魂魄，把妳收爲侍女。
別開玩笑了！

譯註：原文爲「かたじけない」是現代人會使用的武士用語。此句應該是紙魚子刻意以武士用語回話，所以語意上和前文不太搭。

長姬來了！
密道就在對面。
不行！這條密道被影姬的石頭堵住，無法出去啊！
怎麼會……這不是密道嗎？說到底，爲什麼影姬會變成石頭!?
原來如此！是鬼門封印。「傑笑園」、城堡中心和頸山神社都並列在鬼門軸上。
頸山神社的石頭想必就是用來封印裏鬼門的石頭！
影姬殿下無法前往極樂淨土，莫非就是此因!?數百年來，在下等人爲打開淨土之門付出多少努力……
是石頭堵住道路的嗎？但公主不就在石頭裡面？
不對！長姬明明能自由進出鬼門……一定還有其他機關！
我知道了！方向剛好相反！鬼門……水源的方向有路可通！
可是……那裡有守護石……

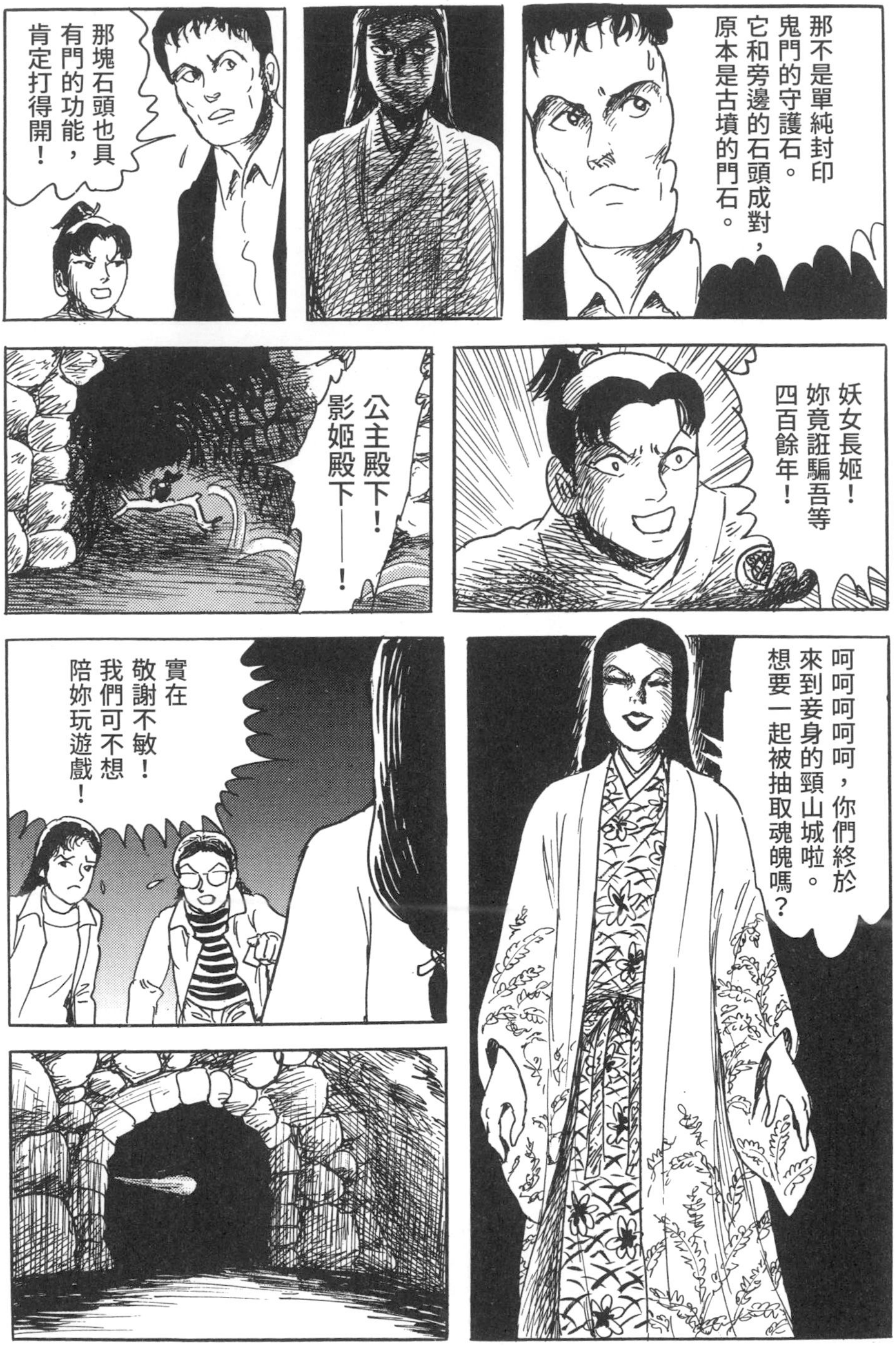
那不是單純封印鬼門的守護石。它和旁邊的石頭成對，原本是古墳的門石。
那塊石頭也具有門的功能，肯定打得開！
妖女長姬！妳竟誑騙吾等四百餘年！
公主殿下！影姬殿下——！
呵呵呵呵，你們終於來到妾身的頸山城啦。想要一起被抽取魂魄嗎？
實在敬謝不敏！我們可不想陪妳玩遊戲！

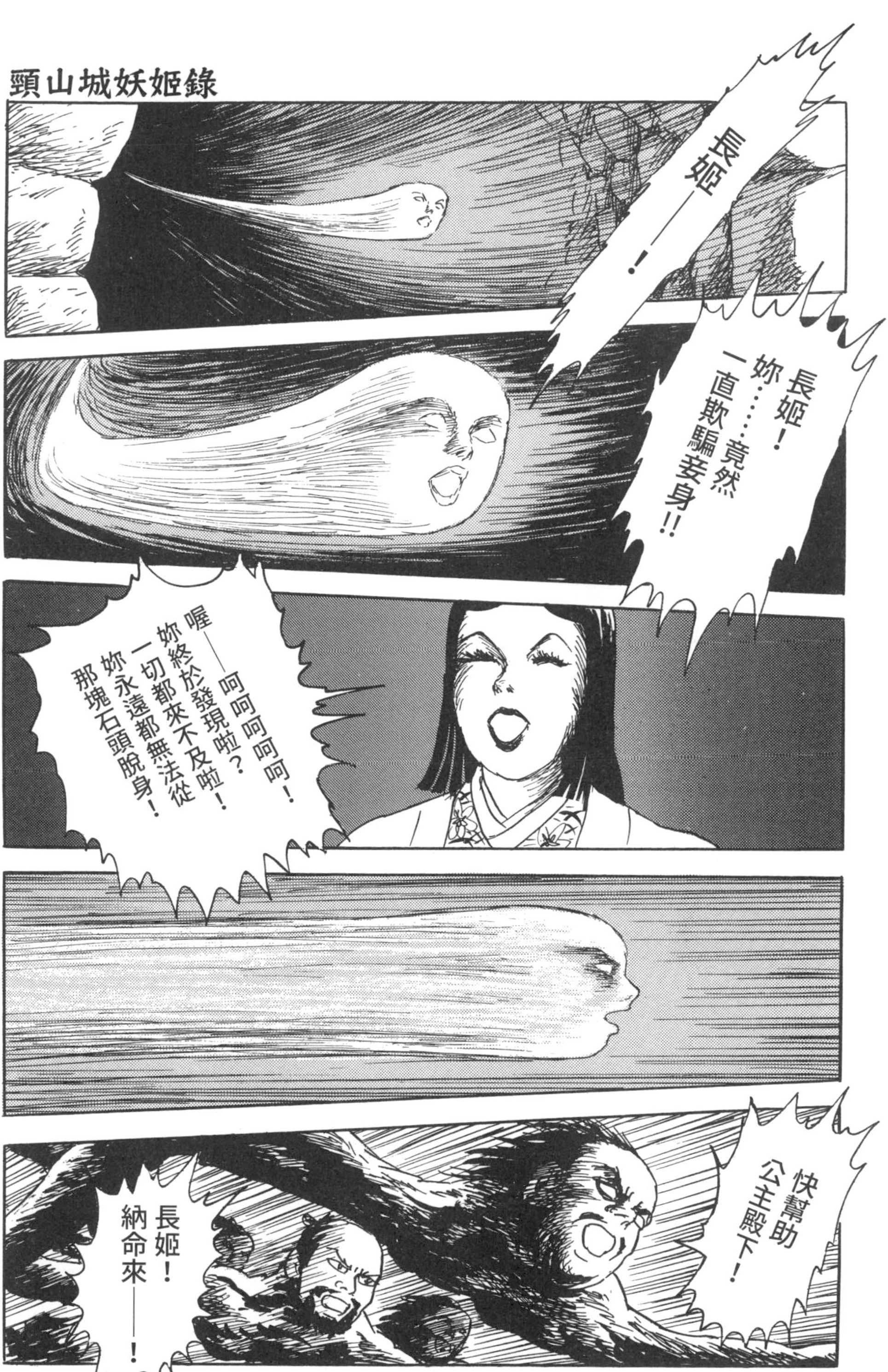
長姬——！
長姬！妳……竟然一直欺騙妾身!!
喔——呵呵呵呵呵！妳終於發現啦？一切都來不及啦！妳永遠都無法從那塊石頭脫身！
快幫助公主殿下！
長姬！納命來——！

（轟隆隆隆隆——）
ゴオオオオオ…

(叩嘍)
ボゴッ
(轟)
兩位公主
就這樣一時間
消失無蹤……
但影姬可能是永遠
消滅於世上了……
雖然不知道
她是否
穿過鬼門、
抵達極樂淨土，
但看起來她至少
離開了石頭。

可以出去了，
塞住出口的石頭
碎掉了。
眞的是頸山
神社耶……
妖怪鳥居
也不見了……
啊！妳看！
咦……
是由佳里！
眞的耶！
失蹤的由佳里
出現了……！
結果，
不只栞安全歸來，
還順帶找到
之前下落不明的
後藤由佳里。
（雖然由佳里
失去記憶了……）
雖說學校也恢復原狀，
但長姬到底如何了……
畢竟她是個
那麼難對付的女人……

新作單篇漫畫

加奈失蹤

編註：本篇原文台詞和擬聲詞為日文的回文，但為求讓讀者理解劇情，依照原文翻譯。並將原文台詞及羅馬拼音放置於344頁，供讀者參考。

送花啊……
嗚……
好帥！
是當地的男生嗎？
居然……
嫉妒！
祖母！
嚇！
住手！

加奈失蹤!?
去找她吧。

沒人。
這裡不對勁。
禁止進入
危險
墓洞
墳墓？
喔——？
(怕！)
ビク！
魚簍？

魚簍中有
加奈的頭
加奈的頭！
其他還有嗎？
唔！痛！

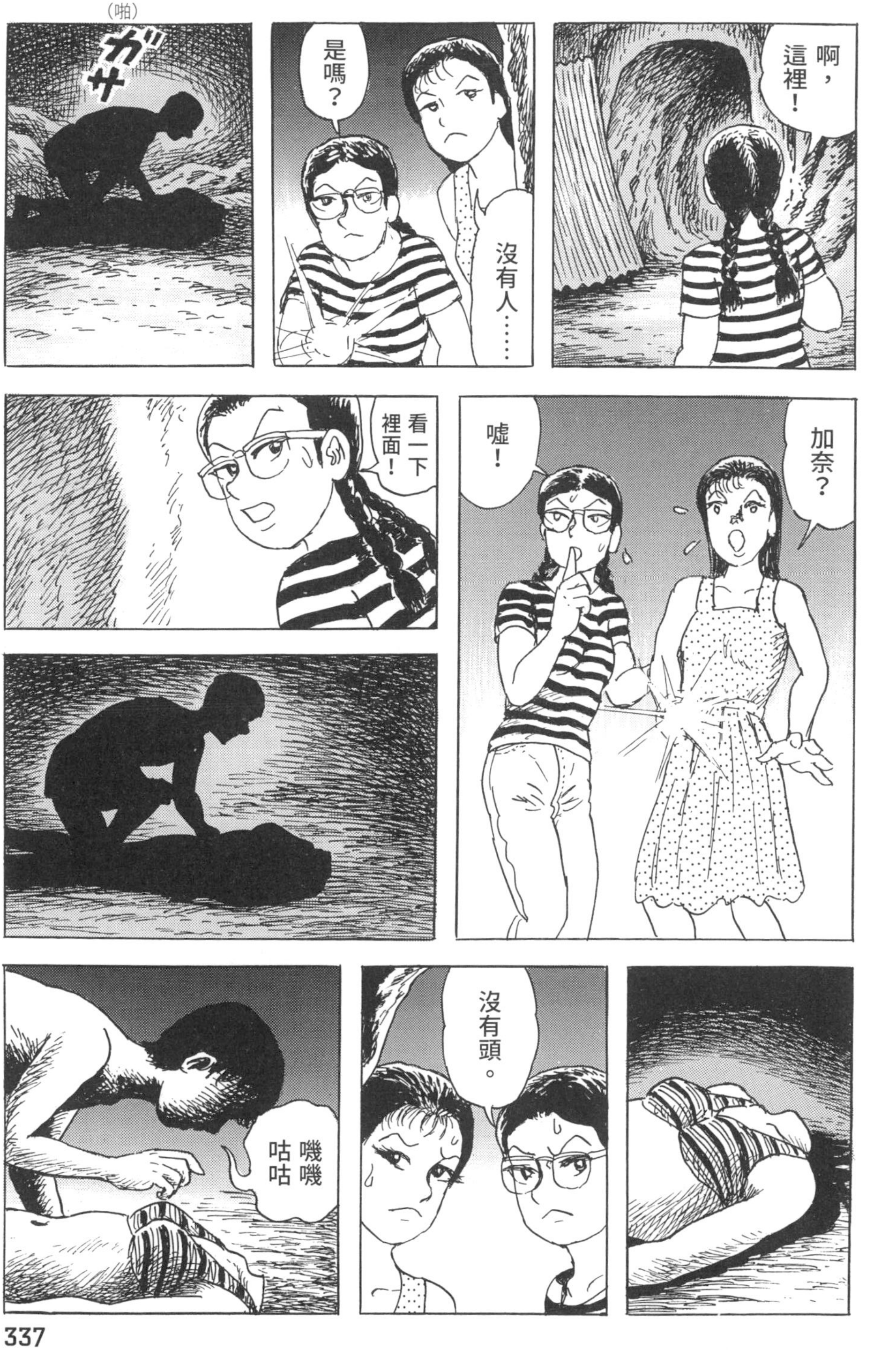
啊，這裡！
沒有人……
是嗎？
ガサ
（啪）
加奈？
噓！
看一下裡面！
沒有頭。
嘰嘰咕咕

在說話？
看到了嗎？
刀子！

ガン!
（噎咕！）
死了？

血跡和鋸子……
好棒的骨頭。
加奈是無辜的……
還有嗎？
沒了。

首山周圍史蹟地圖
(頸山城遺址及相關史蹟)
首山醫院
舊頸山醫院遺址
胃之頭線
首山
肝田川
傑笑園
頸山城遺址
人工地獄
城堡中央地下
頸山神社
頸山城的地底洞窟和密道
首山路
股川上水
傑笑園
頸山城遺址
首山公園
妖怪鳥居
頸山神社

※「傑笑園」在過去版本是「剎笑園」，因爲發音拗口做了更動。 由於作者個性善變，事到如今還進行修改，請各位讀者見諒。

出處一覽

空地上的房子……Nemuki★1997年9月號
頸山的妖怪鳥居……Nemuki★1997年11月號
迷宮……Nemuki★1998年1月號
魔法書阿卡巴卡……Nemuki★1998年3月號
頸山的怪醫院……Nemuki★1998年5月號
殺戮詩集……Nemuki★1998年7月號
帶寵物散步……Nemuki★1998年9月號
漫長迴廊……Nemuki★1998年11月號
鬼虎的跟蹤日記……Nemuki★1999年1月號
是乃夫人……Nemuki★1999年3月號
擾人的入侵者……Nemuki★2000年3月號
頸山城妖姬錄……Nemuki★1999年5月號・7月號

NAZOMAN 16

栞與紙魚子 2

原著書名／新裝版栞と紙魚子 2
原出版社／朝日新聞出版
編輯總監／劉麗真
作　者／諸星大二郎
翻　譯／丁安品
責任編輯／張麗嫺

榮譽社長／詹宏志
事業群總經理／謝至平
發 行 人／何飛鵬
出 版 社／獨步文化
城邦文化事業股份有限公司
115 台北市南港區昆陽街 16 號 4 樓
電話：(02) 2500-7696　傳真：(02) 2500-1967
發　　行／英屬蓋曼群島商家庭傳媒股份有限公司
城邦分公司
115 台北市南港區昆陽街 16 號 8 樓
網　　址／ www.cite.com.tw
讀者服務專線／ (02) 2500-7718；2500-7719
服 務 時 間／週一至週五　09：30 ～ 12：00
13：30 ～ 17：00
24 小時傳真服務／ (02) 2500-1900；2500-1991
讀者服務信箱 E-mail ／ service@readingclub.com.tw
劃撥帳號／ 19863813
戶　　名／書虫股份有限公司
香港發行所／城邦（香港）出版集團有限公司
香港九龍土瓜灣土瓜灣道 86 號順聯工業大廈 6 樓 A 室
電話：(852) 2508-6231　傳真：(852) 2578-9337
馬新發行所／城邦（馬新）出版集團　Cite (M) Sdn Bhd
41, Jalan Radin Anum, Bandar Baru Sri Petaling,
57000 Kuala Lumpur, Malaysia.
Tel: (603) 90578822　Fax: (603) 90576622
email:cite@cite.com.my

封面設計／鄭婷之
印　　刷／漾格科技股份有限公司
排　　版／傅婉琪
□2022 年 5 月初版
□2024 年 5 月 7 日 初版 5 刷
售價 420 元

SHINSOBAN SHIORI TO SHIMIKO 2
Copyright © 2014 DAIJIRO MOROHOSHI
Originally published in Japan in by Asahi Shimbun Publications Inc.
Traditional Chinese translation copyright © 2022 by Apex Press, a division of Cite Publishing Ltd. All rights reserved.
No part of this book may be reproduced in any form without the written permission of the publisher.
Traditional Chinese translation rights arranged with Asahi Shimbun Publications Inc., Tokyo through AMANN CO., LTD., Taipei.

ISBN：978-626-70734-3-8
ISBN：978-626-70734-5-2(EPUB)

〈加奈失踪〉
原文台詞與羅馬拼音

331頁

今（いま）栞（しおり）…
ima Siori……

ワオ！
Wao!

タッ
tatt

加奈（かな）は？
Kanawa?

来（く）るわ
kuru wa

333頁

花（はな）か
hana ka

く……
ku……

かっこいい
kakko ii

この土地（とち）
の男子（だんし）？
kono tochi no danshi?

んが！
nga!

不意（ふい）な姤（いた）
みわいた！
fui na itamiwaita!

祖母（そぼ）祖母（そぼ）
sobo sobo

よしな
yoshina

ビク！
biku!

334頁

加奈（かな）
失踪（しっそう）！？
Kana shissou!?

探（さが）そうよ
sagasou yo

335頁

いない
inai

ここ怪（あや）しい
koko ayashi

墓（はか）？
haka?

ホー
ho——？

ビク！
biku!

魚籠（びく）？
biku?

336頁

魚籠（びく）の中（なか）
に加奈（かな）の首（くび）
biku no naka ni kana no
kubi

首（くび）首（くび）
kubi kubi

ほかは
hokaha

石（いし）や
ishi ya

337頁

あここ！
a koko!

いないよう……
inaiyou……

そ？
so?

ガサ
gasa

うそっ
uso

シ！
shi ！

中（なか）！
naka!

首（くび）なしよ
kubinashiyo

ボソボソ
boso boso

338頁

対話（たいわ）？
taiwa

見（み）たね
mitane ？

ナイフ！
naifu ！

339頁

ガン
gan

死（し）んだの？
shindano?

340頁

血（ち）とノコ……
chi to noko……

いい骨格（こっかく）
ii kokkaku

加奈（かな）は悪（わる）
くはなかった…
Kana wa waruku wa
nakatta……

おわり？
owari?

おしまい
o shimai

↑請從最後一句開始從右至左、從下往上念一次，便可發現原文台詞倒著念回去，就是故事一開始的台詞。